Para Ligia, Lucas e Tomás.

TABAJARA RUAS

A tragédia de um país dividido pela intolerância

GUMERCINDO

LIVRO QUE DEU ORIGEM AO FILME
A CABEÇA DE GUMERCINDO SARAIVA

2ª edição / Porto Alegre-RS / 2023

Capa e projeto gráfico: Marco Cena
Revisão: Sandro Andretta
Produção editorial: Bruna Dali e Maitê Cena
Produção gráfica: André Luis Alt

Dados Internacionais de Catalogação na Publicação (CIP)

R894g   Ruas, Tabajara
     Gumercindo. / Tabajara Ruas. – Porto Alegre: 2.ed. BesouroBox,
    2023.
     136 p.; 14 x 21 cm

     ISBN: 978-85-5527-132-8

       1. Literatura sul-rio-grandense. 2. Novela. I. Título.

                          CDU 821.134.3(816.5)-32

Bibliotecária responsável Kátia Rosi Possobon CRB10/1782

Copyright © Tabajara Ruas, 2023.

Todos os direitos desta edição reservados a
Edições BesouroBox Ltda.
Rua Brito Peixoto, 224 - CEP: 91030-400
Passo D'Areia - Porto Alegre - RS
Fone: (51) 3337.5620
www.besourobox.com.br

Impresso no Brasil
Setembro de 2023.

Uma água lustral
Luiz Antonio de Assis Brasil

[O quê, o Taba com 80 anos[1]? E a fonte da juventude, onde fica, meu amigo? Me dá o mapa, urgente!] O que mais impressiona, em Tabajara Ruas, é a multiplicidade de seu talento. Escritor, roteirista, cineasta, cronista, historiador, ficcionista e outras tantas qualidades. E tudo o que faz, faz bem. Pensando em Tabajara estritamente como escritor, entretanto, teríamos a elogiar, em primeiro lugar, a simplicidade e elegância de seu texto. E de imediato lembramo-nos de Wittgenstein: tudo o que pode ser dito, pode ser dito claramente. Suas frases são cabais e diretas, mas não é raro apresentarem um intenso conteúdo poético. Ele gosta de deter-se num certo momento do episódio, suspendendo-o para construir uma frase de puro encanto estético. Isso está presente em todos os seus textos, como em *Você Sabe de Onde eu Venho*, sobre a participação brasileira na II Guerra Mundial. Ali encontro essa passagem luminosa: *Olhou ao redor: a cordilheira agora realmente começava.*

---

1 No original, 70 anos. Texto publicado em Zero Hora dia 11 de agosto de 2012.

Onde ele estava, rodeado de seus soldados, podia ver as imensidões se sucedendo em gigantescos contrafortes de pedra. A única estrada era estreita, cheia de curvas, e na beira de um precipício que causava calafrios. Trabalhando quase exclusivamente com frases curtas e médias, seus livros são bons de ler, agradáveis e sem tropeços. Uma bênção. Uma água lustral para higienizar nossos olhos perante tantas barbaridades escritas por aí.

Admirável é também a constância de intenções técnicas de Tabajara. Para ele – e sua obra o diz muito claramente – uma narrativa literária necessita de fatos. Ele não gosta muito de monólogos interiores, fluxos de consciência ou outros artifícios já esgotados; para Tabajara, a interioridade da personagem revela-se pelo que faz ou, quando muito, pelo que diz. Escrevendo dessa forma, ele não perde a humanidade; ao contrário: seus personagens, tais como os de Hemingway, revelam-se inteiros em poucas linhas, e aqui posso evocar uma passagem de *Perseguição e Cerco a Juvêncio Gutierrez*, em que o protagonista bebe num bar com seu irmão Vladimir, a quem acha "mais gordo e mais triste". Pronto: disse tudo sobre Vladimir.

Quanto às temáticas, Tabajara notabiliza-se, entre outras razões, por vasculhar nosso passado sulino, transformando-o em matéria de ficção. Uma vez ele me disse que os norte-americanos têm em sua História um dos grandes mananciais do cinema e da literatura, e que nós temos pudor em fazer o mesmo. E ele tem razão. Nossa História é curta, mas é tão rica como a de qualquer povo. Essa opção pelo "histórico" corresponde ao desejo de nossos leitores de encontrarem, num livro, aquilo que fale de nossa identidade gaúcha. Mas atenção: os livros de Tabajara são universais, com livre trânsito por geografias e idiomas. O leitor estrangeiro o compreende, e bem, e eis o maior elogio para um escritor: falar de sua realidade sabendo que fala para o mundo. *Guerra e Paz* é um grande romance russo, mas antes de tudo, é um grande romance do Ocidente.

Engana-se, por isso, quem pensa que essa a opção principal de Tabajara resulte em romances históricos. São, na essência, empolgantes romances, escritos com drama e paixão. Gostaria de destacar, por sua merecidíssima ressonância, *Os Varões Assinalados*. Este é o romance que melhor tratou, entre nós, da Guerra dos Farrapos. Os episódios estão todos ali, os mais heroicos, os mais patéticos, os mais constrangedores; mas está também, em toda sua força e grandeza, a natureza humana, matéria que Tabajara domina como ninguém. Bento Gonçalves, por exemplo, é um personagem feito de sangue, nervos e dúvidas, um tipo que vive as inquietações de um Hamlet. É um dos personagens mais completos de nossa literatura. Os episódios de *Os Varões Assinalados* formam uma grande saga, que nos conquista por um ritmo impaciente, elétrico, entremeado por estiramentos maduros, atilados, pensados, que valorizam a harmonia narrativa. Permeados por uma hiperestesia à flor da pele, sentimos o frio do minuano e o calor das tardes soalheiras sob os umbus pampeiros, acariciamos a textura dos pelegos e sentimos os cheiros acres das batalhas e dos incensos dos altares. Grande e poderoso livro, inesquecível livro.

Falei acima sobre a escolha dominante de Tabajara pelo "histórico", mas encontramos o mesmo vigor narrativo em obras "de nossos dias", como *A Região Submersa, O Amor de Pedro por João, O Fascínio*. Posso destacar uma, dentre tantas: *Perseguição e Cerco a Juvêncio Gutierrez*, a que já me referi por outra razão. Trata-se de uma novela — se é que a distinção entre os gêneros literários ainda vale grande coisa — mas uma novela exemplar do gênero. O narrador é o adulto que relembra um fato de seus 13 anos, em Uruguaiana. Simples como fato, mas complexo em sua tensão psicológica. Juvêncio Gutierrez, o tio contrabandista, é um herói para a mente infantil. Juvêncio Gutierrez vara o pampa num trem que logo chegará. Espera-o uma emboscada policial. Há tiroteio, e o tio morre crivado de balas. Em meio a tudo isso, ocorre uma partida de futebol escolar, que serve de *pendant* à história de valentia e desafio. *Perseguição e Cerco a Juvêncio Gutierrez* é uma novela de formação, se quisermos incidir na compulsão classificatória, mas é, sobretudo, um estudo da mente infantil em fase de aquisição das experiências existenciais, tomando contato com as vilezas, o autoritarismo dos coronéis, a covardia. Permitindo-me mais um pensamento redutor, não hesito em dizer que é, possivelmente, *a melhor novela que já se escreveu no Rio Grande*, ombreando, apenas, com o extraordinário *O Príncipe da Vila*, de Cyro Martins. Aquilo que não passaria de um incidente interiorano recebe foros de tragédia. Uma pequena obra-prima, a brilhar em qualquer inteligente biblioteca.

Sei que eu pouco disse sobre a importância de Tabajara Ruas, esse homem afetuoso, calmo, leal que, apesar disso, traz um turbilhão criativo dentro de si. Uma tempestade de talento e muito saber-fazer literário. Como poucos entre nós, ele conjuga com perfeição o binômio romano da *ars et scientia*. Longa vida, Taba! E esses votos, que são da Valesca e meus, sei, são de todos teus inumeráveis leitores.

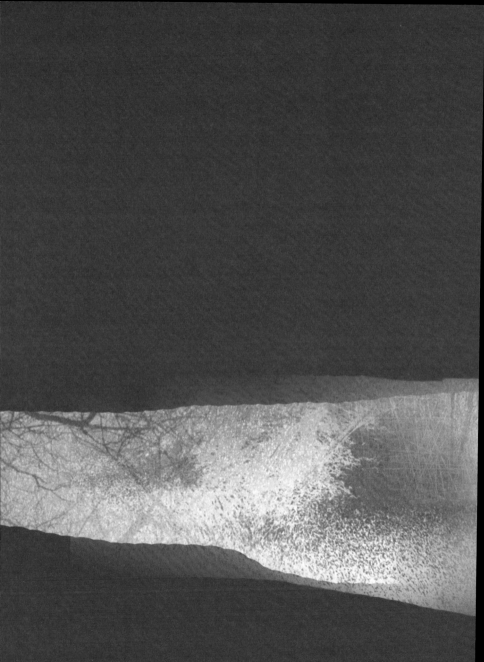

– Vocês sabem como meu irmão Gumercindo era: um chefe nato, um caudilho senhoril, formoso, elegante e gentil, que conquistava o coração dos que se aproximavam. Quando Gumercindo chegava, autoridades e pessoas comuns de todas as idades corriam para lhe saudar. Tinha algo nele que deixava todos felizes. Não sei o que era, mas por aquela casa, pela qual passaram todos os grandes de Montevideo, inclusive o general Santos, em seus cavalos cobertos de prata e ouro, ninguém causava tanto fascínio como meu irmão Gumercindo, ninguém nos deixava mais embevecidos do que ele.

As palavras saem da boca de Aparício Saraiva macias como pedaços de terra molhada, e se desmancham no ar. O general Aparício Saraiva, 42 anos, está ajoelhado ao lado do túmulo de Gumercindo

Saraiva, um buraco cavado no chão num pequeno cemitério à beira da estrada. Todos os homens da família de Gumercindo e seus companheiros de guerra, usando lenços negros, estão ao redor da sepultura.

Atrás do cemitério eleva-se uma coxilha arredondada. No alto da coxilha, um casarão branco com aparência de abandono.

Os lenços, os palas, os chapéus, os cabelos sacodem com o vento forte. Os cavalos estão inquietos.

O tenente Rosário Saraiva, filho de criação de Gumercindo, chega a galope.

– General, os cães estão próximos!

– Eu sei muito bem, Rosário.

– Já atravessaram o riacho do Porco. Vão chegar em meia hora ou menos. São em torno de cem.

– Eu sei, eu sei.

Aparício fala para a sepultura, baixinho.

– Temos pressa, meu irmão. Vou mandar buscar teu corpo para descansar em tua casa, assim que puder. É uma promessa. Paz em Cristo.

Aparício se levanta e monta. Os homens vão montando, um a um.

A última pá de terra cobre a sepultura. Francisco, o filho mais velho de Gumercindo, crava nela uma cruz de madeira.

Uma parte da Divisão do Norte, do exército legalista, composta de 20 cavaleiros usando lenços brancos encardidos, aproxima-se do túmulo de Gumercindo. Os cinco que estão na frente desmontam.

São o general Lima, comandante da Divisão do Norte, o coronel Firmino de Paula, o major Ramiro, o jovem tenente Lobo e o vaqueano Caçapava. Os demais continuam montados.

Caçapava se aproxima do túmulo com a terra ainda fresca.

– É aqui.

– Desenterrem – diz o general. – Quero ver se é ele mesmo.

O grupo forma um círculo ao redor do túmulo. Pás cavam, o corpo começa a aparecer, um cheiro de podre se eleva da terra revolvida.

O general Lima aponta o casarão branco, no alto da coxilha.

– E aquela casa? Tem alguém lá?

– Já investigamos. Lá mora uma viúva. Mora sozinha.

O cadáver é tirado da sepultura e estendido no chão. Todos cobrem o nariz com os lenços. O general Lima se ajoelha junto ao corpo e o observa, sem tirar o lenço do nariz.

– As orelhas são minhas.

Apanha uma navalha e corta as orelhas do morto. Enrola-as no lenço e as coloca no bolso da jaqueta.

O coronel Firmino se aproxima e toca o cadáver com a ponta da bota.

– Tá bem mortinho. Amarrem o corpo no portão do cemitério, bem alto.

– Permissão para perguntar, coronel. – diz o major Ramiro.

– Adiante.

– Por que pendurar o corpo no portão?

– Porque a Divisão do Norte vai passar na frente do cadáver.

– Sim?

– Para cuspir nele.

GUMERCINDO

O coronel Firmino, o major Ramiro, o tenente Lobo, o vaqueano Caçapava e outros oficiais observam a Divisão do Norte se afastar com o general Lima à frente, desfilando diante do cadáver de Gumercindo.

O coronel Firmino olha especulativo para o major Ramiro.

– O senhor deve estar se perguntando por que isso tudo, não é, major?

– Estou me perguntando por que esse ódio.

– Não é ódio, major, não somos bárbaros. É guerra psicológica.

– Desculpe, mas...

– Nossa tropa precisa ter certeza de que o Gumercindo teve o que mereceu.

– Só levar as orelhas não é castigo, coronel – diz Caçapava.

– Não? Como assim?

– Ele tem de ser castigado depois de morto.

– Que besteira é essa?

– Essa besteira é uma coisa que a maioria da tropa acredita, coronel.

— Acredita em quê?

— Que se a gente separar a cabeça do corpo, a alma não vai pra lugar nenhum. Nem pro Inferno, nem pro Purgatório. E muito menos pro Céu.

— Bá! Isso é o pior que pode acontecer para um vivente – diz o tenente Lobo.

— Ou para um morto – acrescenta Firmino.

A sola da bota de couro de porco dentro da qual está o pé fedorento do vaqueano Caçapava apoia-se numa vara da cerca do cemitério. Caçapava ergue o corpo magro em direção ao cadáver de Gumercindo, amarrado na porteira, e aspira o cheiro de podridão que ele exala. É um cadáver desmazelado, sujo de terra, com a pele amarelada e os cabelos arrepiados. Contra o pôr do sol, Caçapava, sobre a cerca, apanha o facão com a mão direita e com a mão esquerda agarra a cabeça de Gumercindo pelos cabelos. Enfia o facão no pescoço, o sangue esguicha na mão de Caçapava. A lâmina afiada vai cortando a pele, a carne, os nervos, luta com o osso por alguns instantes e logo a cabeça de Gumercindo Saraiva se desprende do corpo, com um estalo seco. Caçapava a levanta bem alto, mostra-a para o grupo que está assistindo e joga-a no chão, onde ela levanta uma pequena nuvem de pó, sob os gritos da soldadesca.

Agora a cabeça de Gumercindo Saraiva está sobre uma mesa de campanha, dentro da barraca do coronel Firmino. A cabeça é uma presença sinistra iluminada pelo lampião. Firmino, o tenente Lobo e Caçapava olham para ela, fascinados.

– O arrogante do Lima ficou com as orelhas, eu fiquei com a cabeça.

– O principal troféu desta guerra – diz Lobo.

– Quem merece ficar com ela? – pergunta Firmino.

– Vassuncê, coronel. Ninguém merece mais do que vassuncê.

– Só uma pessoa merece este troféu supremo, seu retardado. Nosso comandante em chefe, o presidente da Província, o doutor Júlio de Castilhos.

– Bem lembrado, coronel – diz Lobo.

– Eu sei. E é por isso que vou mandar a cabeça para ele.

– Muito bem, coronel. Grande ideia. Ele vai ficar seu devedor – afirma Lobo.

– Tu e o Caçapava vão levar a cabeça para o doutor Júlio.

– Nós dois?

– Vocês dois. Não é uma honra para vocês?

– É, coronel. Uma honra imensa. Mas... só nós dois?

– Quanto menos gente, melhor. Ninguém pode saber disso. Vocês saem de madrugada e vão tranquilitos no más até Porto Alegre.

– Acho bom ter uma escolta, coronel.

– Pra quê?

– Até a capital são três ou quatro dias de viagem acelerada... poderemos ter algum encontro inesperado... uma emboscada...

– Vamos atravessar território inimigo – arrisca Caçapava.

– Não vão. O inimigo está em retirada, seu cagão. E uma escolta dá na vista.

– O senhor tem razão, coronel. Quanto menos gente, melhor. O Caçapava conhece os atalhos, temos cavalos de sobra, mas a verdade é que seria bom ter um atirador para qualquer emergência.

– O major Ramiro é nosso melhor atirador – diz Caçapava.

– Aquele idiota pomposo.

– É pomposo como o senhor diz, mas campeão de tiro.

– Ganhou todos os torneios que o regimento fez.

O pomposo major Ramiro está perfilado diante do coronel Firmino, tentando esquecer a coceira na virilha que o atormenta com o mau pressentimento de que seja sarna, que andou afetando os animais.

Mas sarna não dá em gente, tinha garantido o doutor Alvarado.

O vaqueano Caçapava e o tenente Lobo observam o major Ramiro, perfilado e sofrendo com a coceira na virilha.

– Tenho uma missão para vassuncê, major.

Aponta para um embrulho de estopa amarrado com uma corda.

– Entregue pessoalmente ao doutor Júlio de Castilhos, em Porto Alegre. O senhor parte antes do sol nascer.

– Sim, senhor.

– O tenente Lobo e o Caçapava são sua escolta.

– Sim, senhor. Posso saber o que tem nesse saco?

– Para que quer saber?

– Ele exala... certo mau cheiro.

– Claro que exala mau cheiro, major. E o senhor sabe muito bem o que tem aí dentro.

Caçapava sorri, Lobo estende um mapa sobre a mesa.

– Já fiz um estudo da rota. Vamos por Vila Flores. Por aqui.

– Por que por aí?

– É o menor caminho até Porto Alegre. Depois seguimos na direção de Rio Pardo. De Rio Pardo seguimos a Porto Alegre costeando o rio. Entramos na capital pelos alagados das ilhas do Guaíba. Em três ou quatro dias estaremos na porta do palácio.

O major Ramiro procura o olhar do coronel Firmino.

– Coronel, permite?

– Major Ramiro, é seu último aparte. Diga o que quer, depois agarre esse saco e suma da minha vista.

– Eu tenho a impressão, coronel, pelo pouco que eu conheço nosso presidente, que o doutor Júlio de Castilhos não vai ficar muito feliz com esse presente. Os ideais republicanos que ele professa...

– Estou lhe dando uma missão política, major, que vosmecê me parece não estar entendendo.

– O major não pode entender mesmo, coronel, o major não é destas plagas, é homem da corte – diz Caçapava, perigosamente testando os limites da disciplina.

– Há uma grandeza nessa missão que um paulista não pode entender – diz Firmino.

– Pernambucano, coronel.

Firmino levanta-se de repente, coloca a mão no ombro do major. Firmino é baixinho, o major tem um metro e oitenta e cinco.

O coronel Firmino ergue o queixo e olha para o alto, para a altura onde encontra o olhar cinzento do major, e sussurra, mal movendo os lábios:

– Quando chegar a Porto Alegre, não vá ao quartel, não se apresente a nenhum oficial. Vá diretamente ao Palácio e peça para falar ao governador. Diga que é de minha parte, da parte do coronel Firmino de Paula, e que tem uma mensagem fundamental para o destino da guerra.

– Sim, senhor.

– Agora, vá. Mas não esqueça: ponha sua vida nesta missão, porque sua vida não vai valer muita coisa se não cumprir minha ordem até o fim.

Estirado sobre pelegos na barraca que divide com dois oficiais com quem nunca troca uma palavra, o major Ramiro, 35 anos, fuma seu cachimbo numa nuvem de fumaça. O saco com a cabeça de Gumercindo está ao seu lado. O major faz anotações numa caderneta com capa de couro. É o Diário que começou a escrever quando desembarcou no Rio Grande do Sul para essa guerra contra os rebeldes maragatos ou que diabo sejam. Sobre a mala de garupa está o pequeno retrato oval de uma bela jovem.

"Querida e doce noiva, tudo indica que esta guerra insana está chegando ao fim. Sonho todas as noites que estou fazendo minha mala e preparando a viagem de volta para ti. Quando desperto, vejo que continuo preso ao meu pesadelo."

Começa a ficar escuro na barraca. O major sente a presença das moscas em torno do saco.

GUMERCINDO

Cavalos bebem água num arroio. Uma cachoeira despenca do alto do morro e cria uma cortina de som monótono e permanente.

Quatro membros da família Saraiva urinam no rio, lado a lado: o general Aparício, o capitão Francisco, os tenentes Teófilo e Rosário.

– As tropas de Firmino estão a menos de três horas de nós – diz o general. – Vamos reiniciar a marcha. Temos que tomar distância deles, pra preservar nossa força.

– O senhor tem razão – diz o capitão Francisco. – Se entrarmos em combate agora, não teremos chance nenhuma.

– Não. Mas... não posso abandonar o corpo do meu irmão.

– Era o que podíamos fazer, general.

– Foi um erro. Vocês sabem como éramos unidos.

Sacode o pênis e abotoa a braguilha. Todos fazem a mesma coisa.

– Francisco, tu és o filho mais velho de Gumercindo. Tu vais formar um piquete de tua confiança e buscar o corpo.

– Vou fazer minha obrigação, general.

– Vamos dar um enterro decente para ele, nas nossas terras, no outro lado da fronteira.

Francisco, com seu primo, o tenente Teófilo; o irmão adotivo, tenente Rosário; mais o charrua Caminito, que tem posto de sargento, o negro Latorre, que já foi cabo e agora é soldado raso por bebedeira, e o adolescente Tomás, magro, xucro e queimado, encilham os cavalos sem trocar uma palavra.

O sol está subindo no horizonte e os cavalos começam a ficar alertas.

O major Ramiro, o tenente Lobo e o vaqueano Caçapava cruzam pela tropa do coronel Firmino de Paula, em sentido contrário.

Ramiro leva a cabeça de Gumercindo Saraiva na mala de garupa, batendo na anca do baio.

Quando passam ao lado de Firmino, este toca na aba do quepe.

– Não perca a cabeça, major. Alguns oficiais riem. Ramiro é tocado por uma sensação amarga. Diante dele se estende um campo sem fim, ondulado.

Vestindo ponchos escuros e com lenços negros em volta dos pescoços, Francisco, Teófilo, Rosário, Latorre, Caminito e Tomás, em galope acelerado, assomam na crista de uma coxilha. Param um instante como buscando orientação, e logo, com um grito de Francisco, retomam o galope.

Apolinária é uma mulher de 35 anos, bela, imponente, e está descendo a coxilha onde fica sua casa, atrás do cemitério.

Está descendo lentamente e está toda de preto. Seguindo-a, vem um homem negro muito velho, muito magro, esfarrapado e mancando grotescamente duma perna.

A caminhada deles até o portão onde está amarrado o corpo de Gumercindo é penosa e demorada.

Quando chegam ao portão, ela apenas dá uma olhada no patético cadáver sem cabeça, cobre o nariz com o lenço que segura seus cabelos contra o vento e começa a galgar o portão. Pouco depois, já firme e equilibrada, desata os nós que sujeitam o corpo. O velho negro ampara Gumercindo até deitá--lo no chão. A mulher desce. Depois, ambos vão puxando o corpo para a cova. Têm dificuldades, escorregam algumas vezes.

– Vai pra cova, Caudilho. Vai descansar teu corpo, Gumercindo Saraiva – murmura docemente o velho negro.

E é nesse momento que, num trovejar de cascos, Francisco e seus cavaleiros chegam no alto da coxilha. Francisco desmonta num salto e avança na direção de Apolinária.

– Largue ele, sua bruxa demente!

Francisco agarra Apolinária pelos cabelos e a derruba no chão. Então percebe algo errado com o corpo de Gumercindo. Larga a mulher. Os cavaleiros todos ficam instantaneamente paralisados. Francisco ajoelha-se ao lado do corpo, horrorizado com o que vê.

– Olha o que fizeram com meu pai! Teófilo! Rosário! Caminito! Olha o que fizeram com meu pai!

GUMERCINDO

Teófilo desce do cavalo e se ajoelha ao seu lado. Rosário chega e abraça os dois. Ficam os três em frente do corpo decapitado de Gumercindo, ajoelhados, abraçados. Francisco de repente começa a chorar convulsivamente, um choro rouco e profundo, violento e selvagem.

Caminito dá um safanão no negro velho, atira-o no chão.

Apolinária vai saindo de mansinho. Latorre intercepta seus passos. Francisco se vira transtornado na direção da mulher. Tem a adaga em punho.

– O que fizeste, bruxa maldita? Cadê a cabeça de meu pai?

Pega outra vez os cabelos dela, encosta a lâmina no seu pescoço.

– Eu não fiz nada! Pelo amor de Deus, tenha piedade! Estava apenas enterrando o corpo do Caudilho.

– Os carniceiros já rondavam perto – geme o negro velho, caído no chão. – Os carniceiros iam comê-lo, todo, todinho.

– Eu estava salvando o corpo dele, salvando o corpo dele.

Apolinária está cercada pelos seis homens, enormes e transtornados. Teófilo é o menos assustador. Toca no ombro da mulher, acalma-a.

— Quem fez isso, senhora? Vamos, diga.

— Foi aquele gordo cruel. O degolador de Boi Preto.

— Firmino!

— Sim. Mas ele não está com a cabeça.

— Onde está a cabeça?

— Está sendo levada para o tirano.

A mala de garupa com a cabeça de Gumercindo está batendo na perna do major Ramiro, conforme o trote do cavalo. Ramiro está incomodado e tenta evitar o contato que lhe dá nojo.

— Cuidado que ele pode lhe morder, major — diz Caçapava, achando muita graça.

Lobo, que marcha na frente, olha para trás e ri. Ramiro não acha graça nenhuma e acomoda o saco, tentando imobilizá-lo com o laço que pende junto a sua perna.

— Tenente Lobo, vou lhe dizer só esta vez: do paisano Caçapava não espero disciplina, mas o senhor é um oficial. Aja como um.

Ramiro dá de esporas na montaria e acelera a marcha. Lobo e Caçapava trocam um olhar de

GUMERCINDO

entendimento, cheio de ironia. Lobo vai à frente como guia. Caçapava cuida a retaguarda. Ramiro olha as coxilhas onduladas e é nisso que pensa: em ondas.

Se esparrama em volta dele a manhã gorda de luz, pássaros, insetos e presságios.

Francisco Saraiva e seus cinco cavaleiros terminam de enterrar mais uma vez o corpo do general Gumercindo. Apolinária e o negro velho observam, temerosos, um pouco afastados. Rosário coloca a cruz em cima da tumba.

Os cinco homens estão silenciosos, pensativos, esperando uma atitude do filho mais velho de Gumercindo. Francisco chama o adolescente Tomás.

– Vai até o tio Aparício e conta o que está acontecendo. Diz que o Firmino está indo a toda atrás dele. Ele precisa se cuidar.

– Sim, senhor, capitão.

– E, Tomás, conta o que eles fizeram com o corpo do meu pai. Diz que nós vamos resgatar a cabeça dele, custe o que custar.

– Sim, senhor.

– Os que carregam a cabeça não devem estar a mais de três horas na nossa frente – diz Caminito.

– Agora, vai, Tomás. Que Deus te guie.

– Confie em mim, capitão!

Tomás monta no cavalo e parte a galope. Quando ele some na dobra da coxilha, Francisco faz um gesto, chamando os homens para perto de si.

– Vamos fazer um juramento.

Formam um círculo, ajoelhados em torno do túmulo. Francisco se concentra por alguns instantes e depois começa a falar, bem devagar:

– Eu, Francisco, filho de Gumercindo, e tu, Rosário, meu irmão do coração, e tu, Teófilo, meu primo, e tu, Latorre, que nasceu e se criou nos campos do meu pai, e tu, Caminito, que comigo domou os cavalos do meu pai, vamos jurar por nossa honra, por nossas famílias, por Deus e por tudo o que nós acreditamos, vamos jurar perseguição a esses assassinos, e vamos jurar que vamos recuperar a cabeça de meu pai e nosso comandante, antes que ela sirva de troféu para o maldito.

– Vassuncê sabe o que o dono dessa cabeça diabólica já fez por estes campos? – pergunta Caçapava para o major Ramiro.

Ramiro e Lobo cavalgam lado a lado, a trote. Caçapava um pouco atrás.

– Não tenho ideia.

Lobo olha para o major para ver se havia ironia em sua fala.

– O senhor também não tem ideia de quantas vezes sua espada enfileirou os nossos, quantas gargantas já cortou?

– Não, tenente.

– Não dá pra calcular todas as gargantas que ele cortou.

— Nisso ele era bom — diz Caçapava, com vaga admiração.

— Vindo de um especialista, só posso acreditar — diz o major Ramiro.

Caçapava percebe a ironia e reage.

— Inimigo bom é inimigo morto, como diz nosso chefe Firmino. E, ademais, quem tem pena é galinha. Galinha, major Ramiro.

E começa a imitar o cacarejar de galinhas, insistentemente, atrás de Ramiro, que o ignora.

O céu está completamente azul e nenhuma nuvem mancha a abóboda, de horizonte a horizonte. Francisco, Teófilo, Rosário, Caminito e Latorre avançam a galope, um galope calculado, para avançar sem cansar demasiado as montarias. Vão tensos, concentrados, imersos em seus pensamentos, imaginando onde andarão os perseguidos, Ramiro, Lobo e Caçapava, que nesse instante chegam num riacho que desce entre grandes pedras, uma pequena e brilhante cascata escondida pelo capão de mato.

Ramiro apanha uma bússola na mala de garupa. Consulta-a, sob o olhar irônico dos outros dois.
– O senhor não precisa disso, major. É só me perguntar e eu lhe digo que rumo a gente toma. Sou vaqueano destes pagos. Meu pai tem estância nesta região.
– Não duvido, tenente. É o hábito. Além do mais...
– Sim?
– Estamos em guerra. Qualquer um de nós pode ser abatido.
Caçapava dá um sorriso turvo.
– Olha o mau agouro, major.
E faz o sinal da cruz.

Francisco e os companheiros chegam ao alto de uma coxilha empedrada e param.
– Caminito, o que tu acha?
– Eles podem ter *tomado dos rumbos*. Desviar pelas Missões, que é território deles, ou ir por Rio Pardo e ter o azar de dar com algum contingente nosso.

– Eu acho que eles vão pelas Missões, mas é melhor a gente se dividir.

– Eu também acho.

Ramiro, Lobo e Caçapava dão de beber água para os cavalos. Lobo tirou as botas e refresca os pés. A água desce por entre as pedras, rápida e cristalina.

– Muito bem – diz Ramiro. – Não vamos demorar mais.

– Tá com pressa, major?

– Quero me livrar logo dessa coisa.

– Não gosta dela, major?

– O senhor gosta, seu Caçapava?

– Há modos diferentes de gostar, major. Eu gosto de saber que estou com a cabeça dele na mão. A cabeça do grande Gumercindo Saraiva. Na minha mão.

– Que prazer o senhor tem nisso?

– Prazer é uma palavra muito fina para nós, gente destes pagos, major.

– Como assim?

GUMERCINDO

– Estamos em tempo de guerra, prazer é coisa que nós não conhecemos há muito tempo, mas conhecemos bem o que o dono dessa cabeça fez com a gente destes pagos.

– Fez tanta judiaria que vai sair sangue dos seus ouvidos só de escutar, major – diz Lobo.

– E o desgraçado, ainda por cima, era castelhano.

– Não era castelhano – contesta Lobo.

– Como que não era castelhano?

– Caçapava, ele nasceu no Brasil, aqui no Rio Grande mesmo, ali por São Gabriel.

– Para mim, pouco me importa onde ele nasceu. Para mim, ele é castelhano. Então, não veio do outro lado da fronteira com um exército de castelhanos?

– O Partido Libertador é gaúcho, Caçapava.

O major resolveu tomar parte na conversa.

– O "Partido Libertador", como o senhor diz, tenente, está afrontando as leis desta República, se levantando em armas e alugando mercenários como esse Gumercindo. Ele colocou em perigo a nossa República. Depois disso, o presidente Floriano Peixoto resolveu mandar reforços para Júlio de Castilhos. Cá estou eu nestas terras há seis meses... graças ao senhor dono desta cabeça.

— Agora ele não lhe incomoda mais, major.

Caçapava e Lobo dão risadas, o major avalia a resposta e começa a sorrir, quando Caçapava faz um gesto de silêncio e se ergue rápido. Lobo apanha suas botas e começa a calçá-las. Caçapava parece paralisado, olhos arregalados procurando algo na mata. Ramiro e Lobo olham para ele, estudando sua atitude, tentando descobrir o que ele pressentiu.

De repente, Caçapava dá um salto para fora do riacho.

— Vamos sair daqui!

Francisco comanda o cerco. Ele se aproxima a pé, cautelosamente, erguendo o rifle, caminhando pela água que corre cada vez mais forte.

Pela margem, atrás das árvores, avança a pé o negro Latorre.

Rosário e Teófilo caminham cautelosos pela outra margem, puxando pela rédea seus cavalos. Vêm atentos, olhando para os matos que circundam o riacho. Buscam o melhor lugar para tentar a travessia, com as carabinas nas mãos. Equilibram-se nas pedras, lutando com a correnteza.

Afastado, Caminito segura os cavalos, acalmando-os, enquanto Ramiro e Lobo, a duzentos metros deles, avançam puxando cada um seus cavalos pelas rédeas.

Ramiro empunha uma pistola, Lobo empunha o rifle.

Paralelo a eles, dando cobertura, Caçapava avança entre as árvores, a cavalo, silencioso, sem respirar, quando vê Latorre deslizando pelo mato.

Aponta a arma para as costas dele. *Vou te matar, negro filho da puta.* Aperta o gatilho.

Latorre solta um grito, cai de bruços e sai rastejando.

Caçapava salta do cavalo e corre até ele, agarra sua cabeça e o degola de um golpe só. Francisco aparece na outra margem a tempo de ver o risco do sangue no ar e atira contra Caçapava, mas erra e Caçapava some no arvoredo.

– Ele está com a cabeça! – grita Francisco para Caminito, mostrando Ramiro e Lobo no outro lado, segurando seus cavalos.

Caminito aponta o rifle na direção deles e Ramiro e Lobo montam e buscam refúgio entre as árvores, enquanto Caçapava corre desesperado pelo mato, perseguido por Rosário a galope.

Lobo aparece de repente na frente de Rosário, uma pistola em cada mão.

– Maragato filho da puta!

Atira contra Rosário, derrubando-o do cavalo, e volta a escapar por entre as árvores.

Teófilo chega puxando um cavalo para Rosário, que monta com dificuldade.

Caçapava salta na garupa do major Ramiro, que veio em seu socorro. Ramiro esporeia o cavalo e some no capão de mato.

O corpo de Latorre é arrastado pela correnteza até encalhar entre duas pedras da margem.

Ramiro, com Caçapava na garupa, e o tenente Lobo avançam em galope frenético por um bosque cerrado. Cavalgam no meio das árvores, desviando dos troncos. Os raios do pôr do sol se infiltram por entre o arvoredo.

Francisco, Rosário, Teófilo e Caminito, armas na mão, caminham nas pedras da beira do riacho. Há uma calma sinistra de crepúsculo. Chegam onde estão os dois cavalos abatidos. Os examinam minuciosamente. Rosário vai se afastando do grupo. Teófilo mexe nas malas de garupa do cavalo de Caçapava. Caminito começa a tirar os arreios.

– Encontrei algo, Chico.

Francisco se aproxima e Teófilo lhe entrega vários papéis dobrados. Um deles é o mapa onde marcaram o trajeto da viagem.

– Desgraçados! Fizeram um plano de viagem.

Rosário encontra o corpo de Latorre encalhado nas pedras, a correnteza batendo nele. Aproxima-se e começa a examiná-lo. Depois se levanta, dá um assobio agudo e sacode o chapéu no ar, chamando a atenção dos companheiros.

Naquele fim de tarde, colocando as últimas pedras lisas sobre o corpo de Latorre, Caminito e Rosário ficaram se encarando em silêncio. Francisco e Teófilo, em pé, lado a lado, chapéus na mão, sentem a tristeza e o rancor misturados aos ruídos pacíficos dos pássaros se recolhendo.

Francisco se ajoelha, faz o sinal da cruz.

– Desculpe, amigo. Temos pressa. Na volta lhe daremos um descanso cristão. Paz em Cristo.

Ergue-se e coloca o chapéu.

– Eu e Caminito vamos pegar um atalho. Rosário, vosmecê está ferido. Volta para a tropa.

– Eu aguento firme.

– Então, vai com o Teófilo.

– Acho que os alcançaremos nas proximidades de Vila Flores – diz Teófilo.

– Quem chegar primeiro espera. Vamos pegá-los pelos dois flancos.

– Desta vez, sem pressa. Agora eles sabem que estamos atrás – acrescenta Caminito.

– Cautela, irmãos – aconselha Francisco.

Montam nos cavalos. Partem em dois grupos de dois. Cavalgam na mesma direção, mas seus caminhos são distintos.

Para trás ficam os cavalos abatidos e o corpo de Latorre, debaixo das pedras frias do riacho.

GUMERCINDO

À noite, apareceu uma baita lua cheia no céu.

Ramiro, Lobo e Caçapava estão debaixo de uma figueira, próxima a um capão de mato, bem protegidos. A noite clara faz com que consigam cuidar os quatros cantos. Não querem ser surpreendidos novamente. Acabaram de comer um guisado de charque gorduroso e frio. Não fizeram fogo para não chamar atenção.

Ramiro limpa com um pano molhado a gola do dólmã manchado de sangue. A mala de garupa, feita de algodão cru, com a cabeça dentro, está ao seu lado. Ramiro se dá conta de que olha com raiva para Caçapava, afiando a faca, sentado sobre os arreios. *Por que essa raiva surda contra esse desconhecido?* Lobo está examinando os cavalos, procurando algum ferimento neles.

– Desgraçados! Atiraram nos cavalos. Não se atira em cavalos.

– Estes atiram até em crianças, meu amigo – diz Caçapava.

– Estes quem? – pergunta Ramiro.

– Gente do Gumercindo.

– Sangue ruim – diz Lobo. – Mestiçada braba. Devem estar atrás da cabeça deste ordinário.

– Viste o Francisco? O filho mais velho?

– Não era ele.

– Era ele, sim. Capitão Chico Saraiva. Conheço bem. Dizem que é pior que o pai.

– Tem fama de ruim desde quando guri.

– Uma pena que ele não estava junto quando degolei o negro. Até que seria divertido colocar uma gravata colorada num filho desta cabeça fedida. O negro já tava com o sangue gelado quando eu cortei. Nem graça teve. Nem um gemidinho deu.

– Temos coisas mais importantes a fazer do que ficar ouvindo suas bravatas, senhor Caçapava.

Caçapava encara Ramiro com ar de surpresa, mas não diz nada.

– Precisamos de cavalos. Nós três não iremos muito longe com estes dois animais. Dê água para estes cavalos, senhor Caçapava. E veja se encontra um pasto verde para boia.

Caçapava afasta-se imitando bem baixinho uma galinha. Lobo dá uma leve risada. Ramiro olha duro para ele.

– Tenente Lobo, a primeira ronda é sua.

– Estamos rebentando os cavalos – diz Caminito.

– Vamos parar, vamos olhar nossas feridas.

Francisco e Caminito chegam no alto de uma coxilha, a passo. Estão exaustos e desorientados.

Não muito longe dali, a menos de três quilômetros, Teófilo e Rosário preparam um fogo para esquentar a comida.

Não falam, apenas agem com gestos curtos, com eficácia, poupando energia. Tudo que querem é dormir até o sol aparecer na linha do horizonte, e quando o sol aparece, encontra Francisco abaixado, examinando uma trilha.

Caminito está em pé sobre seu cavalo, perfeitamente equilibrado, buscando sinais dos perseguidos, mas não vê nada, nem sequer Teófilo e Rosário avançando a galope numa planície deserta, a pouco mais de três quilômetros dali, quando param num ponto mais alto.

Teófilo olha de binóculo, fazendo uma varredura, lentamente.

– Sumiram!

– O vaqueano deles é bom.

– Vamos em frente, não vamos parar.

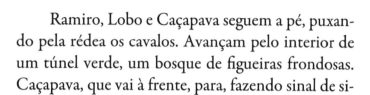

Ramiro, Lobo e Caçapava seguem a pé, puxando pela rédea os cavalos. Avançam pelo interior de um túnel verde, um bosque de figueiras frondosas. Caçapava, que vai à frente, para, fazendo sinal de silêncio com o dedo indicador.

– Acampamento!

Lobo pede para que esperem e avança para observar. Oculta-se atrás de uma folhagem espessa, percebe fumaça, alguns ruídos, um relincho. Vê a bandeira do Brasil e a do Rio Grande. Volta para onde estão o major Ramiro e Caçapava.

– É gente nossa.

Aproximam-se do acampamento, a sentinela os faz parar. É um acampamento pobre, sem barracas. Vários fogos de chão, cavalos em um cercado de cordas.

A sentinela reconhece os uniformes e faz sinal para que avancem.

O major Ramiro dá alguns passos e depara com algo com que nunca vai se acostumar: dez prisioneiros estaqueados. Eles estão deitados no chão, amarrados com tiras de couro pelas mãos e pés a estacas. Estão imóveis, de olhos fechados, alguns gemem e se lamentam. Um deles começa a rir, uma risada incômoda e desesperada.

Um coronel se aproxima, trocam continências, o coronel estende a mão para o major.

– Sou o coronel Dias. Parece que passaram um mau momento, major.

– Major Ramiro Oliveira, em missão urgente a comando do coronel Firmino de Paula.

– Urgente?

– É verdade, coronel. Estamos numa correria braba. Precisamos de cavalos descansados e de munição.

– Terão o que quiserem, mas estamos num mau dia.

– O que acontece?

– Prisioneiros, coronel. Temos uns cem prisioneiros. Nosso comandante decidiu que devem ser degolados.

O major Ramiro sentiu um mal-estar percorrer seu corpo.

– Vão degolar cem prisioneiros?

– *Un poquito más*. E depois vamos fuzilar dois elementos da tropa para servir de exemplo.

– O que fizeram?

– São maus elementos. Um deles matou um soldado por causa do jogo de truco. Estamos um pouco nervosos hoje.

– Quem está no comando?

– O marechal Isidoro Rodriguez. Mas ele não está bem, teve uma perna quebrada. E... *bueno*, muita febre, parece que não está regulando bem. Os nervos. Isto aqui está um inferno. Venha comigo.

Avançam para o interior do acampamento. Ramiro vai ficando cada vez mais apreensivo com o que vê. Há uma tropa de cinquenta homens em formação, e diante deles vinte prisioneiros ajoelhados. As mãos dos prisioneiros estão nas costas, amarradas aos calcanhares. Não vestem camisas, e se veem sujos, magros, cabelos e barbas endurecidos de barro, pálidos de horror e expectativa. Um deles tem a cabeça tombada sobre o peito, onde o sangue escorre. Ramiro adivinha que ele acabou de ser degolado, porque o marechal Isidoro, de muletas, uma perna cheia de talas e ataduras, se equilibra precariamente na frente dele e na mão direita empunha uma faca suja de sangue.

O corpo do prisioneiro começa a vergar vagarosamente e cai no chão embarrado.

O coronel Dias se aproxima do marechal, que o encara com fúria, dois olhos onde a loucura brilha.

GUMERCINDO

– Temos uma visita, marechal.

O marechal por um instante parece ter consciência do seu estado, a fúria do seu olhar cede por um momento para a curiosidade. Ele limpa a faca na calça, olha para Ramiro.

– O major Ramiro está em missão a mando do coronel Firmino de Paula – diz o coronel Dias. – Major, nosso comandante, marechal Isidoro Rodriguez.

Ramiro faz continência, Isidoro responde.

– Então, o senhor está em missão a mando do coronel Firmino de Paula. Que tipo de missão, major?

– Bem... eu diria que é uma missão... que não vem nos manuais, marechal.

– Não vem nos manuais... Interessante. O senhor me parece um homem instruído, major. Acho que posso suspender este exercício por alguns momentos para escutar o senhor. Fiquei curioso. Qual é sua missão?

– O senhor me desculpe, mas, segundo meu comandante, é missão sigilosa, marechal.

– É a segunda vez que o senhor me nega a resposta. Perfeitamente. Entendido. Se é essa sua ordem, o senhor tem de cumprir, é seu dever. Por sinal, seu comandante eu conheço bem, o coronel Firmino de Paula, um sanguinário excêntrico. Ele pensa que é um poeta. O senhor tem razão, major, esta é uma guerra onde acontecem coisas que não estão nos manuais da Academia Militar.

– É verdade, marechal, mas nossa missão requer pressa.

– Deve ser uma missão muito importante.

– Precisamos chegar a Porto Alegre e estamos muito longe.

– Sim, Porto Alegre é longe, e a pressa é má conselheira. Venha tomar uns mates e prosear um pouco.

– Marechal, eu agradeço, mas...

– O senhor não tem cavalos. Não tem munição. E está me parecendo, também, que não tem o bom senso da cortesia com seus superiores.

– Me desculpe, marechal.

– Vamos matear um pouco, sem pressa, meu jovem. Seus homens escolhem bons cavalos, todos se recuperam e o senhor retoma sua marcha.

– Obrigado, marechal. O senhor tem razão.

– Estes vinte que foram sorteados estão bem amarrados e não vão para lugar nenhum, podem esperar. E antes de sair, ainda terá oportunidade de assistir a dois fuzilamentos.

– Há uma coisa que me intriga. Como é que meu pai foi tão descuidado, que levou um tiro de tocaia? Ele era o mais cauteloso de todos os homens.

– Sempre nos dava conselhos nesse sentido.

– Já me perguntei várias vezes quem terá sido esse atirador, de onde surgiu, de que tropa era.

– Naquele momento, não tinha tropa de chimango por perto – diz Caminito.

– Só se fosse um batedor.

– Batedor não faz tocaia para não dar na vista, Chico. Batedor tem que ser invisível.

– Eu tenho uma teoria sobre o caráter desta guerra, major. Aconteceram coisas que tornaram esta guerra nervosa. Uma dessas coisas aconteceu a 27 de novembro do ano passado. A degola de Rio Negro. Eu estava lá.

– Rio Negro? Ouvi falar.

O marechal Isidoro alcança o mate para Ramiro. O marechal tem a perna enfaixada apoiada numa banqueta.

– Eu comandava um contingente do Exército e da Brigada Militar, quando começaram a montar um cerco para mim e minha tropa. Eles tinham mais de três mil homens, e eu menos de mil. Levantei bandeira branca. O senhor já levantou bandeira branca alguma vez, major?

– Não, senhor.

– Tem a humilhação da derrota e a grandeza da compaixão. Eu sonho às vezes com uma bandeira branca... Uma brigada deles era comandada por Cesário Saraiva, o Tigre Ruivo. A família Tavares comandava uma de nossas brigadas. Um mês antes, os Tavares mataram Terêncio Saraiva e toda a sua família. Terêncio era irmão de Cesário, o Tigre Ruivo. Está entendendo? Saraivas e Tavares, famílias inimigas, coisa comum por aqui.

– Na minha também. Pois deixaram cuidando dos mil prisioneiros a tropa sob o comando de Cesário. A vingança dele, que aconteceu aquela noite, espantou a todos. Trezentos degolados, um a um.

– Sim, senhor.

– Deus me deu essa provação, mas em compensação me deu um dom. É um dom pesado. Me trouxe solidão. E medo.

GUMERCINDO

Ramiro devolve a cuia para Isidoro, que não serve outro. Descansa o mate no cuieiro e olha fixamente para Ramiro.

– Agora, major, eu quero que vassuncê me faça um obséquio.

– Sim, senhor.

– Me dê a cabeça que vassuncê está carregando.

– Cabeça?

– Sim, a cabeça que vassuncê está carregando.

– Não sei como o senhor sabe da minha missão, marechal, mas o senhor há de compreender que tenho minhas ordens estritas.

– Eu o desobrigo delas.

– Acho que é impossível, marechal, com todo o respeito.

– Major, ontem eu falei com o almirante Saldanha da Gama.

– O almirante Saldanha da Gama está morto. Há vários meses.

– Eu sei, major. Ele mesmo me disse. E me disse que lhe cortaram a orelha esquerda, arrancaram os dentes de ouro, cortaram a metade do bigode e trespassaram seu corpo várias vezes com espadas e facas. Me deu uma dor sincera ver o fim que teve.

Luís Felipe de Saldanha da Gama era um marinheiro de estirpe nobre, muito estimado na corte de Pedro II, bravo, culto, viajado, elegante.

Isidoro levanta com dificuldade. Caminha pela barraca. Vira-se para Ramiro, que está sentado.

– Ele não me pediu nada. Eles nunca pedem nada. Mas se queixam. São mortos tristes. Gumercindo me fez um pedido. Ele me disse: *Eu, Gumercindo, estou atrás de vosmecê, marechal, mas, por caridade, não se vire.* Ele então me fez um pedido como camarada de armas, mesmo eu sendo inimigo.

Isidoro aproxima-se de Ramiro.

– O senhor compreende que um pedido desses está além das leis militares e civis, além dos nossos costumes e hábitos, mesmo além do nosso entendimento, mas é um pedido superior. O senhor entende?

– Sim, senhor.

Seus olhos brilhantes examinam o major.

– Eu quero a cabeça de Gumercindo Saraiva.

– Está bem, marechal.

– Eu lhe agradeço.

Ramiro levanta-se.

– Se me permite, eu vou lá buscá-la.

– Faça isso, por favor.

Ramiro se aproxima em passos rápidos de Lobo e Caçapava, que estão encilhando os cavalos.

– O marechal Isidoro quer a cabeça.

– A cabeça? Como ele sabe?

– Não tenho a menor ideia.

– Agora, sim, estamos numa encrenca.

– Por quê?

– Se a gente entregar a cabeça para outro que não seja o doutor Júlio de Castilhos, vamos estar encrencados de verdade, porque a encrenca vai ser com o coronel Firmino.

– Ele vai nos botar na frente de um pelotão de fuzilamento.

– O marechal está louco. O melhor que nós fazemos é montar nesses cavalos e sumir no mundo. Não quero ficar à mercê de um louco.

– Então, é agora. Vamos!

Cada um monta num cavalo e vão saindo a trote, dão adeus à sentinela e, assim que se afastam um pouco, cravam as esporas.

Pelotão de fuzilamento formado. A tropa em linha para assistir. O coronel Dias comanda a execução. Arrumou o uniforme, abotoou-se e puxou os cabelos para dentro do chapéu. O marechal Isidoro aproxima-se, apoiado nas muletas e ajudado pela ordenança. Um soldado coloca uma cadeira para ele sentar, coisa que faz lentamente e com dificuldade.

Amarrado a um mourão, venda nos olhos, a jaqueta da farda em tiras, um homem enorme, com boca de louco, chora, reza e se lamenta sem parar, numa ladainha que ninguém entende.

– Atenção, pelotão! Preparar!

As armas são engatilhadas.

– Eu sou um herói! – grita o homem que vai ser fuzilado.

É um grito potente, desesperado e vazio de esperança.

– Eu tenho oito medalhas! Oito medalhas, seus malditos! O coronel Ribamar me deu uma pessoalmente. Vão todos à puta que os pariu! Eu tenho oito medalhas e todas ganhei em combate, seus cornos!

– Fogo!

A descarga irrompe e o corpo gigante no poste se sacode todo e depois fica mole, cabeça tombada no peito.

– O próximo!

É trazido outro prisioneiro. Parece manso, mantém a cabeça baixa, indiferente, não forceja com os guardas. É amarrado ao poste. Então, levanta o olhar, encara todos com um sorriso.

– Atenção, pelotão! Apontar!

As armas são engatilhadas.

– Cabo Wilfrido, cabo Wilfrido! Eu usei todos os buracos da tua irmãzinha, cabo. Acho que tu deve saber, agora que tô indo embora...

– Preparar!

O prisioneiro transforma de repente o sorriso numa gargalhada rouca, que vai se desenroscando, brotando, crescendo do fundo da garganta, e se cala súbita, criando pasmo em alguns, risos divertidos em outros.

– Um momento, senhores!

Susto geral: o marechal Isidoro aponta sua longa unha negra para o prisioneiro.

– Quero falar com esse homem.

Teófilo olha de binóculo.
Longe, vê dois cavaleiros: são Francisco e Caminito. Cutuca Rosário, estirado a seu lado.
– Até agora deu certo. São eles.
– E a tal ponte, onde fica?
– Uns três quilômetros daqui, se o Caminito está certo.
– É bom que esse índio esteja.

O marechal Isidoro está em sua barraca, sentado numa cadeira, perna monstruosa descansando sobre a banqueta, olhando para o soldado que estava para ser fuzilado. Da perna poreja uma borbulha esverdeada que se impregna às ataduras sujas.
– Seu nome, soldado.
– Soldado Facundo Gutierrez, marechal.
– Uruguaio?
– Brasileiro.
– Com esse nome?
– Meu pai era argentino.
– Soldado Facundo Gutierrez, matou um homem por causa do jogo de truco. Vassuncê estava roubando no jogo. É verdade?

GUMERCINDO

– É sim, senhor, mas não foi por mal que matei o Espiridião.

– Não?

– Quer dizer, eu atirei pra me defender, mas o hábito... acertei na testa do coitado do Espiridião.

– Vassuncê foi sargento, depois rebaixado para cabo porque estava aliciando mulheres.

– Só fazia o que os oficiais me pediam, marechal.

– Depois foi rebaixado para soldado por uma rixa motivada por outra prostituta.

– Fui saber que era irmã do cabo Wilfrido só depois do estrago, marechal.

– E, finalmente, condenado à morte... matou esse soldado no jogo de truco.

– Sim, senhor. O Espiridião.

– Se neste momento estivesse fuzilado, acho que teria poucas chances de ser recebido no Paraíso, soldado Facundo.

– Sim, senhor.

– Mas eu tenho um dom, soldado Facundo. Deus me disse para lhe dar uma nova chance de se redimir dessa vida de pecados.

– Sim, senhor.

— Eu vou lhe dar uma missão divina, soldado Facundo.

— Sim, senhor.

Francisco e Caminito vêm a pé, puxando os cavalos, em meio de um bosque cerrado. Eles andam naturalmente cautelosos, observando todos os sinais que podem, ouvindo um murmúrio de água correndo em algum lugar, mas levam um susto que não esperam. De repente, estão à beira de um enorme barranco, uma garganta estreita e pedregosa entre dois morros. Ali embaixo corre um rio de forte correnteza. É um lugar selvagem e grandioso. Meio metro sobre o rio está uma ponte de madeira, precária, e faltando várias tábuas do piso.

— Parece que o mapa deles funciona — disse Francisco.

— Pelo menos a ponte existe.

Ao mesmo tempo, do outro lado do rio, o major Ramiro, Caçapava e Lobo também chegam à garganta. Lobo observa de binóculo.

— Ninguém.

— Vamos pela ponte ou pela água?

Ocultos pelas árvores, Teófilo e Rosário esperam. Estão no mesmo lado do rio onde se encontravam os três chimangos. E já os viram. Observam Ramiro, Caçapava e Lobo dirigindo-se para a ponte com um sabor de satisfação e maldade.

– São nossos – diz Teófilo.

Ramiro, Caçapava e Lobo começam a atravessá-la com vagar, cuidando onde pisam. Rosário faz pontaria com o rifle.

–Vou acabar com eles.

Teófilo o impede.

– Não! O Francisco disse que temos que pegar a cabeça, primeiro. Se ela cair no rio, nunca mais.

Do mato surgem Francisco e Caminito a cavalo. Estão com as armas em punho e se postam na entrada da ponte, bloqueando a passagem, calmamente. Surpresa dos chimangos.

Instintivamente, os três olham para trás. Às suas costas, também armados e apontando as armas para eles, Teófilo e Rosário.

– Major, estamos cercados.

– Boa conclusão, senhor Caçapava.

Francisco levanta o mapa achado nos arreios de Caçapava.

– Bom dia, senhores! Gostei do mapa.

– O animal que escreveu isso até que tem boa letra – diz Rosário.

– Mesmo sendo um idiota, mostra ter habilidades com as mãos – diz Teófilo.

Rosário e Caminito riem.

– Major, meu falecido pai e a Igreja me ensinaram a evitar derramamento de sangue inútil – diz Francisco. – Vamos conversar.

– Concordo. Muita gente boa já foi sacrificada.

– E muita gente podre já teve o que merecia – diz Caçapava.

– Tu não foi convidado pra esta conversa, *negrito*. Depois eu falo contigo.

– O que o senhor propõe? – pergunta Ramiro.

– Proponho uma troca.

– Suponho que tenha algo que me interesse.

– Tenho. Mesmo sem a importância da cabeça de meu pai, acredito que para vosmecê é de bastante interesse.

– Algo muito pessoal, imagino.

– De caráter particular.

– Estou ansioso pra saber o que é.

– Sua vida, major.

– Entendi.

– Mas tem uma coisa que precisa entender antes.

– Por favor.

– Um vai ficar nesta ponte.

– Um? Estamos falando de quem?

– Vai depender do nosso acordo.

– Então, é a cabeça pelas nossas vidas? – pergunta Caçapava.

– A sua, não.

– A minha, não? – Caçapava mostra tom de alarme na voz.

– Já levaste a tua parte. Agora eu quero a minha.

– Como assim? Não entendi.

– Tu acha que a vida de Latorre não valia nada?

Por um instante ficam em silêncio. Então, Caçapava movimenta lentamente a mão até o revólver.

– Opa, opa, meu amigo. Alto lá! Nem se coce que será pior. Meu negócio contigo já está certo.

– Caçapava, deixa a arma. Dom Francisco, seu negócio é comigo. Que eu saiba, o senhor quer é esta cabeça.

Levanta o saco.

– "Esta cabeça" é a cabeça do general Gumercindo Saraiva, meu pai. Devia saber o que está carregando.

– Nunca carreguei este tipo de coisa.

– Aceita as condições?

– Em parte.

– E qual parte vosmecê não concorda?

– Em lhe entregar a cabeça.

– Prefere, então, que eu vá tomá-la?

– Prefiro que vá buscá-la na água.

Ramiro arremessa a mala de garupa na correnteza. Francisco e Caminito se desorientam com o inesperado. Caminito recua o cavalo e galopa pela margem, acompanhando a mala de garupa que vai flutuando. Francisco salta na água com o cavalo atrás dela. Então, tudo se desencadeia.

Caçapava atira no cavalo de Teófilo, que cai relinchando.

Teófilo se esconde atrás do cavalo caído, pega o rifle.

Caçapava e Lobo disparam freneticamente contra Teófilo e Rosário, que respondem. Os quatro se jogam no rio para escapar aos tiros.

– Corram, senão as palometas vão comer a cabeça, desgraçados!

Caminito ouve os tiros e dá meia volta a galope. Na entrada da ponte, Ramiro, de arma na mão, espera Caminito, que se aproxima. Caçapava avança na direção de Francisco, que está dentro d'água atrás da cabeça. Caçapava atira no cavalo de Francisco, que cai por cima dele.

Ramiro fere Caminito com um tiro na perna, ele segura o tropel do cavalo e recua.

Francisco luta para se desvencilhar do cavalo e sair da torrente, mas não consegue, está caído em meio às pedras, com o cavalo por cima. Caçapava apanha a faca e se aproxima pelas costas de Francisco. Teófilo avança pela água e vai pegar a mala de garupa. Ramiro, da margem, atira nele e o fere no ombro. Ramiro aponta novamente e Teófilo mergulha, escapando para a margem.

Caçapava chega por trás de Francisco, preso sob o cavalo agonizante, vagarosamente, faca na mão, saboreando o momento.

Dá uma gravata em Francisco, preparando a faca para degolá-lo. Então, fala ao ouvido de Francisco:

– Maragato desgraçado, vou fazer isto bem feito, em homenagem àquele velho, teu pai. Não senti o sangue dele na minha adaga. Já tava podre, o desgraçado. Mas o teu eu vou sentir.

Francisco se debate, consegue tirar a faca da bota e a crava na barriga de Caçapava.

– Degola nada, chimango filho da puta!

Caçapava dá um berro e cai estrebuchando na água, mas dá um corte na garganta de Francisco.

Rosário chega correndo, ergue um pouco o cavalo e Francisco sai de baixo dele, saca do revólver e puxa o gatilho na direção da cabeça de Caçapava, mas a arma está molhada e nega. Francisco cospe nele, chuta seu corpo e então vê Ramiro observando tudo de longe. Ramiro levanta um saco e Francisco adivinha tudo.

– Ele está com a cabeça, o maldito!

Tenta atirar em Ramiro, mas a arma nega novamente.

– Vamos sair daqui.

Lobo se une a Ramiro e ambos fogem em disparada. Caminito vai ao encontro de Francisco e Rosário. Teófilo, com dificuldade, se arrasta para fora da água, com um tiro no ombro.

Francisco, Caminito e Rosário, os três feridos e perdendo sangue, ficam assistindo a Ramiro e Lobo partir com a cabeça.

Ao longe, escondido atrás das árvores, o soldado Facundo observa tudo.

Ramiro e Lobo chegam a passo numa mangueira de pedra, isolada no meio do campo. Certificam-se de que despistaram os seus perseguidores. Apeiam. Começam a tirar os arreios dos cavalos.

– Bom truque, major. Enganou eles direitinho. Nem eu sabia que tinha tirado a cabeça da mala de garupa.

– Ali onde ela estava era muito óbvio, tenente.

– Bem pensado, major. Mas perdemos o Caçapava. Pobre do Caçapava. Devem estar judiando com o que restou do coitado.

– Teve o que mereceu.

– Opa! O Caçapava era boa pessoa, major.

– Acho que não estamos falando da mesma pessoa, tenente.

– Eu conheço o homem há muitos anos, major. Mas ele não era assim. Tinha que ter conhecido ele antes desta guerra. Era um peão...
– Chega de lorotas, tenente. Vosmecê que durma e sonhe com seu amigo. Deixa que eu fico de ronda primeiro. Sairemos antes do amanhecer. Eles logo estarão na nossa cola novamente.
– Como é que sabiam onde estávamos?
– Eles tinham o seu mapa, não viu? Temos que mudar nosso rumo, já sabem nosso caminho.
– Vamos pelos Campos de Cima, major. É um dia a mais de viagem, mas é mais seguro. Damos uma volta pelos Aparados da Serra.
– É muito demorado.
– Lá ninguém nos acha. Eles estão feridos. Todos eles. Acho que vão desistir.
– Tu desistirias se fosse a cabeça do teu pai?

Francisco está com as orelhas de Caçapava numa mão e na outra uma fina tira de couro, que vai passando por um orifício feito nas orelhas. Em pouco finaliza um colar. Tem o olhar febril, aproxima as orelhas da sua boca.

– Desgraçado! Está ouvindo, desgraçado? Quem que tu ia degolar? O filho de Gumercindo?

– O maldito lhe teve nas mãos, Dom Francisco. Quase lhe passou a faca.

– Mas não passou. E não há de nascer guapo pra degolar um Saraiva. Não em vida. Degolaram meu pai porque tava morto.

– Não fale muito, Dom Francisco, que abre o ferimento – avisa Caminito, amarrando um lenço vermelho no pescoço de Francisco. – Graças a Deus, foi superficial, a faca só tirou um fino da sua garganta.

Rosário faz um curativo em Teófilo.

– Quando Teófilo estiver em condições, partimos – diz Francisco. – Não podemos deixar eles pegarem muita luz.

– Eles devem tomar um caminho diferente para nos confundir.

– Eu, se fosse eles, iria pelos Campos de Cima da Serra.

– Não acho. Lá não se encontra viva alma em léguas ao redor e é território deles. Por lá é perigoso. E agora eles nos esperam.

– Há um posto de telégrafo no caminho, com um bolicho.

— Aposto que eles vão chegar lá para se abastecer e trocar informações. Temos que chegar antes deles e isso é antes do amanhecer.

— Vosmecê não acha que irão pegar outro caminho?

— Se não estiverem lá, nós os acharemos depois. Agora, apure com este curativo, Rosário, que esta bala mal raspou no Teófilo.

— Não é assim, Chico. A bala pegou o pulmão. Daqui a pouco ele vai estar cuspindo sangue.

Francisco coloca o colar com as orelhas de Caçapava e se estira no chão com um suspiro doloroso.

O soldado Facundo, sentado à frente de um pequeno fogo, joga cartas, solitário.

"Querida e doce noiva, as noites neste lugar são a coisa mais solitária que há na face da Terra. Estou num lugar que não sei onde é, e tudo o que tenho são pressentimentos sombrios. O pesadelo que vivo é cada vez mais real e parece interminável. Continuo a sonhar, dentro do meu pesadelo, que faço as malas para voltar para casa."

Lobo dorme sobre os arreios aos pés de seu cavalo. Ramiro está de vigia, sentado em cima da cerca de pedra. Fuma o cachimbo e observa a vastidão do pampa anoitecido, enquanto toma notas em seu Diário.

A cabeça de Gumercindo está rente à cerca de pedra, no chão. O saco se mexe como se estivesse vivo. Ramiro leva um susto.

Guarda o Diário, desce da cerca e aproxima-se da cabeça. Certifica-se de que Lobo está dormindo, pega o saco e desata a corda que o envolve. O mau cheiro se espalha e uma pequena cobra sai de dentro do saco.

Ramiro larga a cabeça no chão, esmaga a cobra com a bota, pega o saco e coloca a cabeça de volta.

— Não devia brincar com isso, major. Deixe esse homem em paz.

— Volte a dormir, tenente.

Francisco está em pé, enrolado no poncho, olhando para o céu. Rosário, Teófilo e Caminito dormem.

– Teófilo.

– Sim?

– Como está?

– Melhor.

– Tu sente a bala no pulmão?

– Sim.

Teófilo levanta com esforço, se apoia nos joelhos, Francisco o ajuda a ficar em pé, olha com atenção para o rosto do primo, pálido, sonolento e com as rugas da dor em volta da boca.

– Teófilo, eu fico pensando cada vez mais como é que acertaram meu pai sem ninguém ver, sem ninguém reagir.

– Tu conhecia bem ele, Chico, ele gostava de ficar sozinho para pensar.

– Ele era um general. Tinha que estar sempre com uma escolta.

– Isso é verdade. Mas ele sempre se afastava, gostava disso. Que nem tu.

– Quanto mais eu penso, mais acho estranho.

– Estranho? O que é estranho?

– Vamos embora. Acorda os outros e vamos embora.

– Vai chover.

– Então, vamos embora antes da chuva.

Chuta as brasas da fogueira.

– Vamos embora, vamos embora. Eles não podem se distanciar. Hoje eu quero pegar eles de qualquer jeito.

Rosário espicha os braços, mal-humorado, bocejando.

– Agora que nosso pai se foi, o caudilho é tu?

Francisco olha duro para Rosário.

– *Hermano*, não se vira caudilho por herança.

O soldado Facundo apeia do cavalo e confere o rastro de Ramiro e Lobo na mangueira de pedra. Examina a fogueira, olha para o céu. Enormes nuvens escuras. Monta e segue a trote.

Começa a relampejar.

– Podíamos nos livrar desta encomenda por aqui.

Olhar de Ramiro, irônico.

– Isto já está fedendo, nem sei se aguenta até Porto Alegre.

Risada de Ramiro.

– Agora que eu penso, tudo me parece uma loucura, major. Vamos deixar a cabeça para que seja enterrada pelos parentes.

– Pelos parentes?

– Os que vêm atrás de nós. Para eles darem enterro decente.

– Vosmecê parece tomado pela compaixão, tenente. Pensei que não conhecia esse sentimento.

– Somos todos cristãos, major.

Ramiro e Lobo avançam em galope pausado, lado a lado. Levam os rostos cobertos por lenços por causa do mau cheiro.

– Cristãos e oficiais do exército, tenente. Vamos cumprir nossa missão.

– Mas foi vosmecê mesmo quem disse que ele não iria aceitar. Vamos nos livrar disso e dar meia volta. Tanta morte por uma cabeça podre e sem orelhas. Quem vai querer isso?

Risada de Ramiro. Estou ficando louco. Estou ficando louco e cruel igual a eles.

No varal estão dependurados três vestidos longos, que o vento da tempestade que se aproxima infla e faz dar lentas voltas no ar.

Uma casa metade de barro, metade de troncos, um porco que foge quando se aproximam, dois cães latindo sem convicção nas patas dos cavalos. Ali funcionam um armazém e um posto telegráfico unido ao resto do mundo apenas pelas duas extremidades de fios que chegam por uma janela e saem por outra.

Em torno, currais vazios e um galpão abandonado.

O major Ramiro e o tenente Lobo param diante da casa, na beira da estrada. Lobo espia pela janela. O telegrafista está lidando com papéis e cadernos. O lugar é sujo e desordenado. Um balcão, prateleiras vazias, duas mesas e cadeiras.

O telegrafista é um negro gordo, envelhecido, parece bêbado. Lobo empunha o revólver. Consulta Ramiro com o olhar e ambos, com as abas de seus chapéus abaixadas, entram no posto de telégrafo.

Ficam parados em frente ao balcão. O telegrafista levanta o olhar devagar, assustado.

– *Buenas, buenas,* senhores. Em que posso ajudá-los?

Lobo levanta a copa do chapéu encharcado. Percebe o medo no telegrafista.

– Que tal um viva ao Presidente Júlio de Castilhos?

– Por que não? Com muito gosto. Viva!

– Viva o quê?

– Viva o doutor Júlio!

– Alguma notícia da capital? Sabe como andam as coisas por lá?

O telegrafista aos poucos retoma a tranquilidade. Assume um ar de velho sabido.

– Muita informação desencontrada, senhor. Esta chuva toda. A comunicação fica comprometida.

Lobo caminha pelo local. Mexe em papéis, revira as coisas. Para diante de um quadro com a foto de Júlio de Castilhos, pregado torto na parede. Arruma com perfeição o quadro, deixando-o reto. Começa a imitar a pose do presidente Júlio na foto.

O telegrafista observa com certo encanto as ações de Lobo, enquanto conversa com Ramiro.

– Tenente, dê água para os cavalos.

GUMERCINDO

Espera até ver Lobo sair de má vontade, arrastando os pés.

– Que informações desencontradas, amigo?

– Dizem que a guerra acabou, que mataram o Gumercindo em Carovi. Outros, que ele cruzou a fronteira e já está a salvo no Uruguai.

– Parece que muita coisa aconteceu nestes últimos dias. Para uns esta guerra já acabou. Para outros, está recém começando. Outra coisa que ouvi por aí é que o coronel Pitoco...

– Firmino de Paula?

– Esse mesmo. Diz que ele mais o general Lima desenterraram o corpo do Gumercindo, cortaram as orelhas e depois a cabeça dele e mandaram de presente para o presidente Júlio.

– Aonde ouviste isso? Quem lhe disse esta asneira?

– Ora, aonde... pelo telégrafo, meu amigo! Aonde mais uma pessoa como eu, isolada de tudo, pode ficar sabendo de tal coisa?

– Pelo telégrafo? Quem mandou?

– Os jornalistas. Jornalistas mandaram uma mensagem para Porto Alegre contando isso. Depois veio outra, desmentindo.

— O que mais ouviste por aí? Vamos, fale, já que é pessoa que parece tão informada.

— Recebi uma informação meio cortada hoje pela manhã. Esta chuva... Desculpe a intromissão, major, mas o que o senhor leva neste saco, que fede tanto?

Facundo, atrás do tronco grosso da figueira, observa Lobo parar diante dos vestidos pendurados no varal, que inflam levemente com a brisa. Facundo vê Lobo observá-los durante um instante e divagar em pensamentos lúbricos e logo puxar os cavalos para o bebedouro. Começa a dar de beber a eles, quando Facundo sorri de modo que todo o seu rosto se contrai. Facundo morde os lábios para abafar a gargalhada que vai brotando na sua garganta.

É quando vê os cavaleiros lá longe, se aproximando a passo: Francisco, Rosário, Teófilo e Caminito.

— Tenente! Ei, tenente!

Lobo levanta o olhar, alerta e assustado. Alguém está atrás da figueira.

— Tenente, maragatos chegando!

Um braço sai de trás do tronco e aponta. Os cavaleiros estão a pouco mais de cem metros, a tempestade se arma acima deles, e um relâmpago estala no céu, rasgando o escuro cada vez mais denso.

Lobo tem o impulso de correr para o bolicho, mas sabe que será visto. Apanha uma pedra de bom tamanho e a joga com força contra a porta aberta, e se abaixa atrás dos grandes bebedouros de madeira.

A pedra entra rolando e bate no balcão, sobressaltando Ramiro e o telegrafista. Ramiro corre até a porta. Vê os quatro cavaleiros se aproximando, a menos de trinta metros.

Francisco vê dois cavalos com arreios, no curral, diante do bebedouro. Com a mão, faz sinal para terem cautela. Desmontam e vão se aproximando do prédio. Francisco vai pela frente, Teófilo pela direita, rente à parede, arma na mão. Rosário pela esquerda, e Caminito se dirige para o curral. Lobo está encolhido, atrás dos grandes bebedouros de madeira.

Ramiro surge numa janela e atira à queima-roupa em Teófilo, que cai gritando, depois atravessa a sala correndo e sai pela porta dos fundos e dá de cara com Rosário, e atira contra Rosário, que rola no chão e corre para um galinheiro, assustando as galinhas. Pânico, asas, confusão. Rosário atira contra Ramiro, que escapa na direção do curral, e o telegrafista coloca as mãos na cabeça e rola para baixo da mesa, enquanto, no curral, Lobo sai subitamente de trás do bebedouro e atira contra a cabeça de Caminito, mas o tiro falha, para espanto dos dois, e é quando Facundo sai de trás do tronco da figueira e atira contra Caminito, que rola no chão e se enfia por baixo da cerca e sai rastejando, perseguido pelos dois cães. Francisco entra no bolicho apontando as armas, a sala está vazia, a cara do telegrafista aparece atrás do balcão, ele treme sem parar. Facundo cresce na frente de Ramiro, puxando os dois cavalos, Ramiro aponta o revólver para ele, mas Lobo grita *é gente nossa!*

Monta num cavalo e Ramiro no outro, e os três saem a galope.

A chuva desaba bruscamente, acompanhada por uma cordilheira de trovões.

Francisco aparece na porta do posto e atira contra eles. Caminito encontra Teófilo caído. Ajuda-o a levantar-se e vê com temor a palidez no rosto do outro.

– Atrás deles, não vamos deixar escapar outra vez! – grita Francisco.
Demoram um pouco para montar, recolhendo os cavalos assustados, e assim que montam, Teófilo começa a desmoronar e se estatela no chão. Francisco grita para Caminito:
– Cuida dele!
E inicia com Rosário uma perseguição cega, feroz, debaixo do aguaceiro gelado e violento.

A chuva parou. Ramiro, Lobo e Facundo estão dentro de um bosque cerrado, acalmando os cavalos e mastigando o pouco charque que sobrou.
Lobo olha desconfiado para Facundo.
– Vosmecê apareceu bem na hora. O que andava fazendo, soldado?
– Soldado Facundo Gutierrez, a seu serviço. Estava de licença, tenente, voltando para meu batalhão.
– Qual é seu batalhão?
– O Sexto, major. Comanda o marechal Isidoro Rodriguez, o mesmo do Boi Preto.
Ramiro e Lobo trocam um olhar.

– E vosmecês, posso saber, se não for demais, por que estavam naquele apuro?

– Encontramos uma patrulha maragata. Acho que queriam assaltar o posto do telégrafo.

– Gente burra, esses maragatos. O que um posto de telégrafo tem para ser assaltado?

– Qual é seu rumo, soldado?

– Como ia dizendo, estava voltando para a tropa.

– Muito bem. Agradecemos sua ajuda. Vamos todos descansar, comer um pouco de charque e, depois, cada um pega seu rumo.

– Sim, senhor, major. Não vejo a hora de chegar na tropa.

Francisco, Teófilo, Rosário e Caminito param diante de uma capela solitária, na volta de uma estrada.

– Nossos cavalos não aguentam mais, Dom Chico. Se não descansarem um pouco, vamos ficar a pé.

– Muito bem. Vamos parar. Eles não estão longe.

Francisco desmonta e entra na igreja, seguido pelos três. Se ajoelham diante de um altar da Virgem. Francisco fala para a imagem, como numa reza, fervorosamente.

– Virgem Nossa Senhora, meu pai não merecia essa afronta vil. Eu nunca o vi faltar o respeito com ninguém. Nem com inimigo. Ele não fumava diante do pai dele mesmo depois de casado, mesmo depois que foi para as guerras e virou general. Um dia, um homem entrou nas terras do meu pai e matou uma vaca para comer. Ele prendeu o homem e o que fez? Deu a carne da vaca para ele e o mandou embora. Virgem Nossa Senhora, nós sempre trabalhamos duro. Quase sempre andávamos descalços. Nossos luxos são os arreios, o chiripá, o laço. Meu pai não merecia isso. Permita que traga a cabeça para um enterro cristão, permita que eu alcance o mensageiro maldito.

– Se ele voltar para o acampamento do marechal Isidoro e falar que nos viu, é bem capaz do marechal mandar gente atrás de nós.

– O marechal me pareceu louco com aquela conversa dos mortos, mas mandar alguém atrás de nós não faz sentido.

– Os loucos não fazem sentido, major. Pelo menos, é isso que se espera deles.

– O que vassuncê acha?

– Acho que devemos dizer para ele nos acompanhar por um dia. Um só.

– Por quê?

– É um homem a mais. Anda bem a cavalo e sabe atirar. Depois pode voltar e aí não vai mais ter importância o que ele falar. O homem nos defendeu lá no posto de telégrafo. O senhor tem razão. Os Saraivas não vão abandonar a perseguição assim no mais.

Ramiro murmura algo e desvia o olhar. Está sentado em uma pedra que dá para a paisagem deslumbrante dos abismos dos Aparados da Serra. Ele fuma o cachimbo e toma notas no Diário. Espera que Lobo se afaste, mal-humorado, e relê:

"Querida e doce noiva. Estou numa terra assustadora pela sua grandeza e solidão. Esta aventura estranha que vivo me faz meditar sobre nossa fragilidade. Meus companheiros são soturnos e misteriosos. Eu não os compreendo. Também não confio neles."

Facundo está deitado, longe, ressonando.

GUMERCINDO

Francisco, Rosário, Teófilo e Caminito avançam num trote pausado, os cavalos com as pernas doloridas e bambas.

– Eles tiveram ajuda. Quem era aquele tipo?

– Um soldado chimango, pelo jeito. Agora eles são três, novamente.

– Mas ainda somos quatro. A vantagem é nossa.

– Estamos feridos, nós três.

– Vamos parar e pensar. Desta vez, não quero errar. Temos que dar o bote certo.

– Um morto já é muito.

– Está bem, Rosário. Chega! – eleva a voz Teófilo. – Não se culpe, Chico. Fugir é mais fácil do que perseguir. Eles vão estar sempre nos esperando.

– Estamos chegando nos Aparados da Serra – insiste Rosário. – Se eles entrarem nesses precipícios, podem nos armar uma emboscada. Em vez de caçar, vamos ser caçados.

– Pode voltar, se quiser.

– Não me fale assim, que ele era meu pai também, mesmo que vocês me chamem de bastardo.

– Não começa com isso, Rosário, aqui não. Ninguém te chama de bastardo.

– Eu sei o que digo.

Os quatro perseguidores estão sentados, mastigando charque e bebendo dos cantis. Caminito está fazendo uma lança, afiando com sua faca a ponta de um galho longo, reto e duro que cortou de uma árvore.

– Muito bem. Todos estão atendidos. Ninguém ficou com bala no corpo nem está ferido em órgão vital – diz Francisco.

– O Rosário perdeu muito sangue – diz Teófilo. – Deve voltar.

– Eu sigo junto. E vosmecê tem um furo no pulmão.

– Vassuncês são responsáveis, sabem o que estão fazendo. Mas vamos entender bem nossa situação. Não podemos pedir ajuda para ninguém.

– Não vou pedir ajuda para ninguém – diz Rosário.

– Qualquer atraso e não os alcançamos mais. O resgate da cabeça é uma missão só nossa e de mais ninguém. Vamos dormir uma hora, depois comer, beber e partir atrás deles.

– Se viajarmos de noite, poderemos surpreendê-los.

— Os cavalos deles estão tão mal como os nossos.
— Vai depender do que ele estiver matutando. Ele é esperto.
— Vamos dormir uma hora e depois seguir sem parar. Nós podemos alcançá-los. Eu sei.

Francisco espreita. Ele observa três cavaleiros a trote, lá embaixo, ao lado do precipício. Caminito surge atrás de Francisco. Teófilo e Rosário deslizam nas pedras, carabinas na mão, prontos para atirar. Ramiro, Lobo e Facundo se aproximam cavalgando, rentes ao abismo.

— Metam bala. Agora!

Teófilo e Rosário abrem fogo. Ramiro cai do cavalo. Lobo e Facundo se metem entre as pedras a galope.

— Acertei o major!

O major Ramiro se arrasta puxando a perna, ao lado do precipício. Tem o saco com a cabeça de Gumercindo na mão.

Lobo e Facundo esporeiam os cavalos, cada um para um lado, buscando abrigo e procurando localizar os atiradores.

– Eu vou buscar a cabeça! Vão atrás dos outros, acabem com eles. Eu vou buscar a cabeça! Acabem com eles, acabem com eles, não deixem nenhum vivo!

Rasteja para trás de outras pedras, espera, olha ao redor, vai se arrastando, chega numa estreita passagem de pedras. Está protegido, mas num lugar onde tem pouca mobilidade.

Qualquer escorregadela poderá determinar sua queda num abismo de duzentos metros de profundidade. Tem a arma numa mão, o saco na outra.

Francisco vem em sua perseguição, curvado atrás das pedras, com cautela, pistola numa mão, carabina na outra.

Caminito começa a galgar as pedras, paralelo a Teófilo. Carrega a lança. Busca Lobo e Facundo, que sumiram em algum lugar.

– Teófilo! Tô indo atrás do tenente. Fica de olho nele, é arisco.

Lobo dá uma volta nas pedras e se aproxima de Teófilo por trás. Atira nas costas dele, que cai e rola por uma barranca. Lobo grita exultante, apanha a faca e desce a barranca para degolar Teófilo.

– Francisco procura se aproximar de Ramiro equilibrando-se na borda do precipício. Ramiro percebe a aproximação e atira contra ele. Francisco se abaixa nas pedras e responde ao fogo.

GUMERCINDO

Facundo surge por trás de Francisco. Este se protege atrás das pedras, mas fica encurralado entre Ramiro e Facundo.

Caminito joga a lança com força e atravessa Lobo de lado a lado, no momento em que se preparava para degolar Teófilo.

Lobo sai dando saltos, rola pelo barranco, começa a rastejar, atravessado pela lança, agarrado a ela com as duas mãos, gritando de dor, e some entre grandes pedras redondas.

Caminito desce correndo, se ajoelha diante de Teófilo.

– Dom Teófilo!

– Estou morrendo...

– Não, não, não! Vamos sair daqui.

– Acho que me quebraram a coluna.

Caminito olha desesperado ao redor. Vê Francisco entre os fogos de Ramiro e Facundo. Faz sinal para Rosário.

– Rosário! Francisco está cercado. Vamos dar cobertura pra ele sair de lá.

– Não posso me mexer!

– Não pode? Por que não pode?

– Minha perna está sangrando outra vez.

– Te arrasta, homem! Tu pode chegar por trás deles.
– Não consigo mexer os braços.
– Rosário, temos que tirar Dom Francisco de lá.
– Não dá!
– Ele precisa de um instante de cobertura, só um instante. Eu atiro no major, tu atira no outro.
– Eu estou perdendo muito sangue. Eu vou morrer!
– Todos vamos morrer, se não trabalharmos juntos agora. O Teófilo está mal, ferido. Só nós dois podemos agir para tirar Dom Francisco de lá.

Facundo se aproxima, rastejando o mais que pode, de Francisco.
– Ei, Dom Francisco!
– Quem é?
– Facundo Gutierrez, soldado do exército republicano.
– O que vassuncê quer?
– Para mim, nada, Dom Francisco. Só quero tirar meu major desse apuro.

– Ele pode sair, se me der o que eu quero. Se não, vai ter o mesmo fim do teu tenente.

– Vou rezar pela alma do meu tenente. Eu sei quem vassuncê é. A revolução de vassuncê já está morta, depois que vosso pai foi morto, Dom Francisco.

– Nossa revolução é de ideias, soldado. Nunca vai estar morta.

– Dom Francisco!

– Ah, major, bom dia!

– Se me permite, Dom Francisco, vossa revolução é de ideias de atraso social e desordem pública. Já nasceu morta.

– Isso é um clichê ordinário que lhe botaram na cabeça. Na minha revolução, os soldados pensam, major. Não é a sua filosofia que ensina que os mortos governam os vivos?

– Vassuncê é um fora da lei. Nos dê passagem e nós garantimos sua vida.

– Major Ramiro, vassuncê não é apenas um tolo arrogante. É um militar profissional agindo como um lacaio.

– Me ofendendo o senhor não me convencerá de que a revolução de vassuncês não é a revolução do atraso e da ignorância. O Brasil vai ser bem melhor sem Gumercindos, meu amigo, com todo o respeito a vosso pai.

– Para um militar que estudou na Academia, vosmecê é muito prosaico, major. Está agindo como os bárbaros que vosmecê critica. Vosmecê não sabe se nossas razões são boas ou não.

– Me dê uma boa razão.

– Acho que o senhor não vai nos entender, major.

– Dom Francisco, estou farto de escutar isso.

Caminito e Rosário, agora se aproximando um do outro, rastejando.

– Rosário, Rosário, vamos deixar nossas disputas e salvar Francisco.

– Não dá, não dá!

– Podemos fazer. Eu atiro no major, tu atira no outro.

– Minha munição tá acabando.

– Eu divido contigo.

– Por mim, ele pode ficar lá e apodrecer junto com aquela cabeça!

GUMERCINDO

Lobo, atravessado pela lança, se arrasta entre as pedras, procurando aproximar-se de Ramiro, murmurando rezas e obscenidades, no momento em que Francisco coloca um palheiro na boca.

– Major Ramiro, como acha que isto vai terminar?

– Não sei, Dom Francisco, só me importa meu dever.

Francisco acende o palheiro com um isqueiro de corda.

– Ah, o dever... palavra importante. Meu pai, o general Gumercindo Saraiva, foi o primeiro dos treze filhos que vô Francisco teve. Meu pai contava que, quando estava por nascer, na hora mesmo do parto, a parteira avisou que Dona Propícia, a mãe, minha avó, corria perigo de vida. Meu avô disse para a parteira: "Salve o filho, a mãe que cumpra seu dever". O dever, major, acho que é uma coisa que o senhor pode compreender.

– Então, o senhor também vai me entender. Eu não gosto desta missão, mas estamos em guerra, e o cumprimento do dever passa pelo cumprimento de cada missão que o soldado receba. Eu só vou ficar em paz com minha consciência se entregar esta cabeça para o doutor Júlio de Castilhos.

– Em paz com tua consciência! Muito bem, chimango bastardo, tu fez tua escolha. Agora eu vou fazer a minha: mesmo que eu não pegue a cabeça de meu pai, eu juro que vou te perseguir até te encontrar, seja no Rio de Janeiro, seja em São Paulo, ou seja no Amazonas. Agora, esta pendência é pessoal. Eu juro que vou te achar e te mandar pro Inferno!

Lobo se arrastando nas pedras, lança cravada nas costas, uma parte do cérebro sentindo as dores e a ânsia de pedir ajuda e a outra ocupada em sonhar com seu quarto na estância em Pedra Bonita, ouvindo as vozes da casa misturadas a latidos de cães e gritos alegres vindos do galpão.

– Atira!

Caminito e Rosário abrem fogo contra Ramiro e Facundo, obrigando-os a baixarem as cabeças.

– Agora, Dom Chico! Agora, corra!

Francisco sai rastejando e consegue escapar da linha de tiro formada por Ramiro e Facundo e corre em direção a Caminito e Rosário, que estão montados e seguram um cavalo para ele.

– Vamos descer o precipício. Aqui eles não nos perseguem a cavalo.

E Ramiro, puxando a perna machucada, começa a descer precipitadamente por uma trilha íngreme. Lobo está encostado a uma pedra, atravessado pela lança.

– Major, não me abandone, por favor!

Ramiro para, surpreso, e se encaminha na direção de Lobo.

– Não me abandone, major, por favor. Meu pai é um homem rico, muito rico, ele vai lhe recompensar.

– Não quero dinheiro do teu pai.

Começa a puxar Lobo pelos sovacos, descendo o precipício.

Facundo o observa por trás, aponta a pistola para as costas de Ramiro, depois se vira e observa Francisco e os outros se aproximando de Teófilo.

Guarda a arma e começa também a descida.

Protegidos por grandes pedras, na encosta dum cerro, Ramiro e Facundo atendem o tenente Lobo.

– Só um milagre salva o tenente, major. O senhor acredita em milagres?

Ramiro não responde.

Facundo apanha na sua mochila um pequeno embrulho.

— Mel de lechiguana, major. Bom alimento, bom remédio.

Estende para Ramiro, que, faminto, o apanha e coloca na boca.

— Não é bom?

Ramiro concorda com a cabeça.

— O único probleminha é que causa alucinação.

E dá sua gargalhada assustadora.

Teófilo está deitado sobre os arreios, rente ao precipício, coberto pelo pala, com febre e tremores. Francisco, Rosário e Caminito em torno dele. Grandes pássaros negros planam no céu.

— Ele precisa ser atendido agora ou não resiste.

Francisco e Caminito atendem Teófilo, deitado no chão, coberto por uma manta.

— É o meu fim, Francisco.

— Já passamos por piores, Teófilo.

– Eu sei que é o fim. Quero que tu me ouça. Não tenho muito tempo. Aquela terrinha que eu tenho em Melo, eu vou deixar para o Santiago, que está cuidando bem dela, e tem uma ninhada de xiruzinho pra cuidar. Ouviu?

– Ouvi, Teófilo.

– O resto fica mesmo pra minha mulher e pras crianças. Quando encontrar meu padrinho Gumercindo, vou dizer pra ele que todos os Saraivas foram valentes. Porque foram mesmo.

Sorri, dá um gemido fundo.

– Eu que era o mais fraco de todos. Sempre tive medo, Chico. Toda a minha vida.

Dá um grito alto, de puro terror. Caminito e Francisco se abraçam a Teófilo.

– Teófilo!

– Os caranchos vêm me pegar, Chico, eles vêm me pegar!

– Teófilo, Teófilo!

Teófilo morre. Francisco e Caminito soluçam abraçados ao corpo.

Na trilha coberta pela névoa que sobe do abismo, Ramiro caminha sentindo-se estranho e desorientado. Sabe que está débil e com ânsias agudas, que o fazem curvar-se. As pedras lhe parecem cabeças deformadas e demoníacas. Uma sombra aparece ao longe.

Ramiro dá tapas no próprio rosto, dobra-se sobre uma pedra, vomita.

Quando ergue a cabeça, a sombra está bem perto. É um homem alto envolto numa capa negra, sem cabeça.

Ramiro estremece e recua, tropeça nas pedras, cai. Bate o rosto em algo agudo.

Passa a mão na face arranhada.

Olha o sangue em sua mão.

E quando ergue o olhar, a sombra agora é uma mulher nua, roliça, branca, que sorri para ele.

A mulher tem formas suaves e arredondadas, seios pequenos, uma aura de voluptuosidade e mistério.

Ramiro estende a mão para ela.

A mulher passa por ele e se afasta lentamente, sumindo na névoa.

GUMERCINDO

Facundo, debruçado sobre o corpo de Lobo, que se contorce e geme; sussurra com suavidade:
– Tenentezinho de merda... filhinho de fazendeiro... tá vendo o que é bom? Onde é que estão teus cavalos, tuas vacas, tuas putas? – Cospe no seu rosto, uma, duas, três vezes. – Tenentezinho de merda, deixa eu ver o buraco que o índio te fez.

Enfia o indicador no buraco da lança.
– Deixa ver, tenentezinho de merda... cabem dois dedos nele, deixa ver mais, tenentezinho de merda... cabem três dedos nele.

Ouve ruído, retira a mão, rápido, limpa-a na calça. Ramiro se aproxima, cambaleante. Facundo muda o tom da voz.
– Calma, tenente, calma. Mel de lechiguana dá um pouco de alucinação, mas é bom pra febre. Olha, major, nosso ferido está reagindo, parece que vai ficar bom. O senhor está bem, passou a tontura?

Francisco e Caminito, de joelhos, com facões, cavam uma sepultura para Teófilo. Caminito está muito comovido, chora em silêncio. O corpo de Teófilo está estirado junto ao buraco.

Atrás, Rosário, deitado sobre os arreios ao lado do barranco, coberto pelo pala, com febre e tremores. O sol vermelho paira acima do horizonte.

– Este era um homem. Só queria saber das suas propriedades. Procurava manter-se longe da política.

– Era homem de paz.

– Mas atendeu ao chamado do meu pai. Teófilo conhecia bem a guerra. Não tinha boas lembranças. Mas veio, com toda a coragem e boa vontade.

– Bem ao contrário de uns que eu conheço.

– Uns quem?

– Não sei, Dom Chico, acho que falei demais. Me *perdone*.

– Caminito, nós somos soldados em uma guerra. Aqui falamos claro. Uns quem?

– Ele está falando de mim.

– Falando de vosmecê? E por que motivo seria?

– Por que não pergunta para o teu peão, *hermano*? Tu acredita nele, não acredita? Acredita mais nele do que em mim...

– Caminito, o que aconteceu?

– Desculpe, capitão, mas isto é um particular entre o tenente Rosário e eu.

– Esse índio filho da puta tem ódio de mim. Sabe por quê? Porque trepei com a mulher dele. É verdade. Desde então, ele me persegue, mas a culpa não é minha, se ela é uma puta. Puta é pra isso mesmo.

– Caminito, o que aconteceu?

– Eu não tinha munição, queria que ele me desse umas balas pra eu poder fazer cobertura, e sabe o que ele me disse? *Te vira. Te vira,* ele me disse, esse traidor renegado. Eu não queria te dizer isso, Chico, porque tu é meu irmão e sei que tu gosta desse índio desde pequenininho, mas foi assim.

– Fala, Caminito.

– Dom Chico, acho que isto é um assunto particular entre o tenente Rosário e eu.

– Aqui não tem assunto particular! Eu sou capitão do Exército Libertador e tu é o meu sargento. Fala!

– O tenente Rosário não queria fazer a cobertura. Eu o forcei. E ele disse que pouco se importava...

– Fala!

– Pouco se importava se vassuncê, capitão, apodrecesse junto com a cabeça do general.

Francisco se paralisa. Põe o facão na cintura. Ergue-se vagarosamente. E se aproxima de Rosário. Abaixa-se ao lado dele.

– O que tu tinha contra Gumercindo?

– Nada.

– Eu quero saber o que tu tinha contra ele, que era teu pai, não quero saber o que tu tem contra mim, que sou teu irmão, porque sei muito bem que tu não tem nada contra mim, porque eu nunca te fiz nada de mal. Eu quero saber é o que tu tinha contra Gumercindo, nosso pai.

– Nada.

– Ele tinha ódio.

– Ódio? Vassuncê tem ódio do homem que lhe cuidou a vida toda, que lhe deu um nome, que lhe deixou uma estância de trezentas léguas cheia de gado?

– Ele me humilhava.

– Humilhava?

– Durante toda a vida.

– Mentira!

– Na semana passada, ele me deu de rebenque na frente dos meus homens. Ele sempre me tratou como inferior.

– Deu de rebenque porque vassuncê mereceu! Deixou desguarnecida a retaguarda lá no Passo da Caveira, depois que todos lhe recomendaram pra não se retirar até receber ordem.

GUMERCINDO

– Vassuncê recebeu só um rebencaço, porque era como filho dele. Se fosse outro, seria fuzilado.

– Não era *como* filho, Chico... *era* filho. Pelo menos, era isso que eu achava. Nem ele me considerou filho, nem tu nunca me considerou irmão.

– Mentira!

– Trinta anos de humilhação. Mas agora eu posso morrer como homem. Tô bem vingado.

– Vingado?

– Dom Chico, quem estava por perto quando o general Gumercindo foi baleado era Dom Rosário.

Francisco olha demoradamente para Rosário e as lágrimas começam a escapar de seus olhos.

Apanha o facão na cintura.

– Eu nunca te chamei de bastardo, Rosário. Nosso pai me disse que tu era nosso irmão. Eu te amava como um irmão. Nesses anos todos, tu nunca entendeu isso?

Chorando, se inclina e beija a testa de Rosário, que o abraça. Os dois choram juntos, abraçados.

– Me perdoa, Chico, me perdoa.

– Adeus, irmão.

– Eu tenho medo de morrer, quero que tu me perdoe, que tu cuide mim!

Francisco enfia o facão na barriga de Rosário, que se contorce e se abraça a Francisco no desespero da agonia, dando um grito de horror.

Ramiro acorda sobressaltado, como se tivesse escutado um grito. Vê Facundo com a cabeça de Gumercindo na mão. Tem a vista embaçada pelo sono e cansaço. Puxa seu revólver e aponta.
– Pare onde está!
– Está tudo bem, major. Só ia colocá-la de volta no saco.
– Pare e largue a cabeça.
– Calma, major. Baixe esta arma.
– Opa, opa, meu amigo. Fique por aí. Não chegue muito perto.
– Mas o que é isso, major? Vosmecê enlouqueceu?
Facundo fica parado. Ramiro vai até a cabeça, coloca-a no saco.
– Deixe que eu me preocupo com esta cabeça.
– Major.
Ramiro se volta. Facundo lhe aponta a pistola.

– Largue o rifle, major. Ponha esse saco fedorento no chão. Quero ver essa famosa cabeça.

E solta sua gargalhada assustadora. Ramiro larga o rifle, apanha o saco.

– Agora abra, major.

Ramiro abre o saco.

– Tire essa imundície pra fora.

Ramiro apanha a cabeça e a coloca sobre uma pedra, mas solta o botão do coldre que prende a pistola.

– Fede como as profundas do Inferno. É por isso que estamos nos matando, major?

– Que interesse tem nisso, soldado?

– Não é de grande monta, mas para quem não tem cartas boas... O marechal Isidoro vai ficar contente. Sabe o que ele me disse? Que me dava uma missão divina para eu me redimir dos meus pecados.

Dá outra gargalhada.

– Ele quer mesmo saber, eu vou ter uma recompensa. Ele jurou por Deus. Major, estou pensando em fazer uma caridade cristã e deixar o senhor com vida. Mas... será que isso é correto? Será que isso é faltar com o meu dever? Ordens são ordens, como o senhor sabe muito bem, e o marechal ainda me disse:

é uma missão divina, mas sem testemunhas, soldado, sem testemunhas.

E dá nova gargalhada quando seu corpo se sacode todo, trespassado por balas calibre 44. Facundo cessa imediatamente a gargalhada e cai de borco, atrás dele aparece o tenente Lobo, sentado no chão, olhos arregalados, a carabina fumegante nas mãos.

Dois pequenos veados bebem num riacho, onde despenca uma queda d'água frondosa e transparente. De repente, os animais ficam alertas, logo assustam-se e fogem.

Francisco e Caminito se aproximam. Os dois vão taciturnos, sombrios, os rostos cansados e sofridos.

Ramiro, deitado na grama, atrás de grande tronco tombado, prepara a emboscada. Já armou o binóculo do rifle, e os está seguindo pelo visor, durante um bom trecho. Percebe que eles vêm calados, talvez tentando ouvir algo além do murmúrio da cachoeira.

Ramiro atira duas vezes.

Dois disparos certeiros.

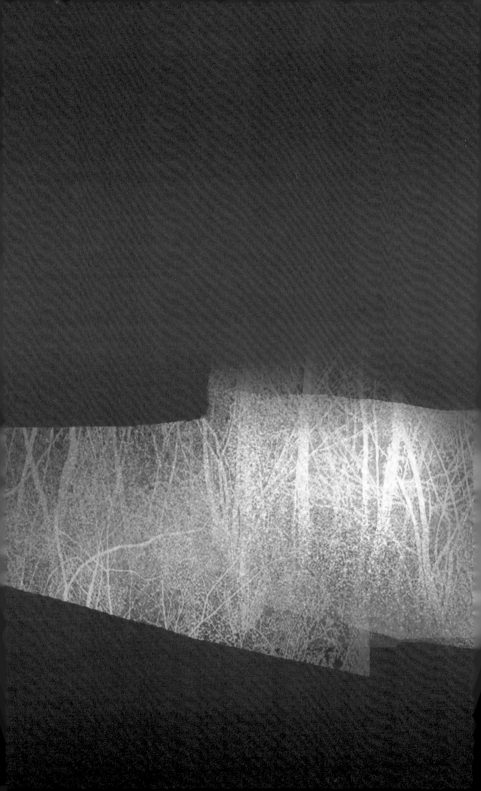

O saco com a cabeça bate na perna de Ramiro, que entra nas primeiras ruas de Porto Alegre a passo, cavalo e cavaleiro exaustos.

Para diante de uma casa antiga, com a tabuleta: Pensão Familiar.

Desmonta com um gemido.

Ramiro, diante de um espelho oval, faz a barba, sem camisa. Já dormiu algumas horas, tomou banho, mandou lavar a roupa. Batem na porta.

A camareira lhe entrega a farda, uma camisa nova e uma chapeleira de papelão, redonda, elegante, com desenhos decorativos.

– Fiz o que pude com a farda, major. Ficou um pouco melhor. A camisa é nova. Mandei comprar na loja. E aqui está o chapéu.

– Obrigado.

Abre a chapeleira, tira de lá um vistoso chapéu feminino e o estende para a camareira.

– Toma. É para ti.

– Para mim? Oh! Muito obrigada!

– Eu só preciso é disto.

E mostra a chapeleira.

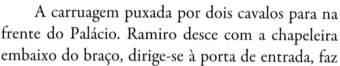

A carruagem puxada por dois cavalos para na frente do Palácio. Ramiro desce com a chapeleira embaixo do braço, dirige-se à porta de entrada, faz continência para os soldados de guarda.

– Tenho uma mensagem urgente para o governador.

– O governador está no Theatro São Pedro, assistindo à ópera, major.

No palco, um tenor com figurino de palhaço estilizado canta a ária final de *I Pagliacci* com emoção. O teatro está lotado. É uma noite de gala e a plateia ouve os momentos culminantes da ópera num silêncio tenso.

No camarote principal, o governador Júlio de Castilhos ouve atentamente. A seu lado, seu chefe do gabinete militar, o general Moura. Um homem entra no camarote e sussurra algo ao ajudante de ordens, em pé na sombra do camarote. O ajudante de ordens se levanta e sai atrás do homem.

O tenor canta a ária, aproximando-se do final.

O ajudante de ordens volta e sussurra algo ao ouvido do general Moura. O general levanta-se, irritado, e segue o ajudante de ordens.

O tenor continua a ária, mais intenso e dramático. O general Moura volta e fala ao ouvido de Júlio de Castilhos.

Júlio de Castilhos, acompanhado do general Moura e do ajudante de ordens, desce a escadaria de tapete vermelho do teatro.

No saguão iluminado está o major Ramiro, com a chapeleira embaixo do braço.

– Este é o major Ramiro de Oliveira, doutor Júlio. Traz uma encomenda urgente, segundo diz, do coronel Firmino de Paula para o senhor.

Júlio de Castilhos observa o rosto marcado de fadiga do major.

– Coronel Firmino de Paula? O herói de Boi Preto. Por onde anda este bravo, meu filho?

– Nas Missões, atrás de Aparício Saraiva, senhor.

– Espero que tenha um motivo sério para me tirar do teatro, major. O que carrega aí?

– Um presente do coronel Firmino de Paula, senhor. A cabeça de Gumercindo Saraiva.

– Cabeça?

Ramiro deposita a chapeleira numa mesinha no canto e retira a tampa. O fedor sobe no ar, Júlio de Castilhos recua, com nojo.

– Feche isso, major!

Ramiro fecha a chapeleira, dá um passo para trás e volta à posição de sentido. Júlio de Castilhos se recompõe.

– Que brincadeira é essa, major?

– Não sou homem de brincadeiras, senhor. Esta é minha missão.

GUMERCINDO

– Missão? Que missão? Explique isso.

– Minha missão é entregar a cabeça de Gumercindo Saraiva para o senhor.

– Meu Deus! O Firmino está completamente louco. O que ele acha que eu vou fazer com a cabeça de Gumercindo Saraiva? Expor em praça pública? Major, é mesmo a cabeça dele? Tem provas?

– Vi quando desenterraram o corpo e vi quando cortaram a cabeça.

– Bom, pelo menos ele está morto de verdade.

– E daí, Moura? Vamos exibir a cabeça do Gumercindo para o povo gaúcho como um troféu? Como uma prova da insanidade desta guerra? Da falta de controle que temos sobre nossos homens?

– Foi uma ideia infeliz.

– Este Firmino quer acabar comigo. Essa cabeça em Porto Alegre é um prato cheio para meus adversários. E vosmecê sabe o que ela está fazendo nessa caixa? Sabe, general?

– Não, senhor.

– Está rindo, general Moura. Rindo da minha desgraça. Não vou cair para a cabeça de um defunto. Não vi esta cabeça. Não sei dela. Major, tire isto daqui, agora.

– E o que faço com ela, governador?

— Faça o que achar melhor. Agora, suma com isto da minha frente.

Ramiro fica parado, olhando para Júlio de Castilhos.

— Vamos, major. Ouviu o governador. Saia com isso daqui agora mesmo ou vou mandar prendê-lo.

Ramiro bate continência, coloca seu chapéu e se retira com a chapeleira embaixo do braço.

A camareira bate na porta do quarto do major Ramiro. O major está deitado na cama, vestido, fumando. Na mesinha, a chapeleira.

O major se levanta vagaroso, caminha até a porta, abre apenas uma fresta, empunhando a arma.

— Sim?

— Major, dois homens que querem falar com o senhor.

— Quem são?

— Não sei. Mas falam diferente da gente. São castelhanos, parece.

Ramiro pensa, pensa, e toma a decisão.

— Abra a porta para eles.

Surpresa no rosto da camareira. Ela caminha pelo corredor até a porta da entrada, observada por Ramiro.

Abre, faz uma vênia e dois homens entram: Francisco e Caminito. Caminito carrega um rifle, Francisco tem a pistola na mão.

– Queremos negociar, major.

– Desengatilhem as armas, primeiro.

Francisco e Caminito desengatilham.

– Podem se aproximar.

Francisco e Caminito avançam pelo corredor com a camareira à frente, até pararem diante de Ramiro. A camareira olha para eles sem entender, mas apavorada. A mão de Ramiro, com a arma engatilhada, está dentro do quarto.

– Está tudo bem, menina. Pode ir.

Ela se afasta pelo corredor, apressada.

– Qual é o assunto, senhores?

– Nosso assunto é só um.

– Exato. A cabeça está comigo.

Ramiro dá passagem para que os dois entrem no quarto.

Ramiro fecha a porta e fica encostado nela. Ramiro e Francisco se encaram, bem perto um do outro.

– O governador não a quis receber. Minha missão terminou.

– A minha, não.

– Poderia jogá-la fora, mas não me pareceu cristão.

– Eu vou ficar com a cabeça.

– Era minha intenção entregá-la para alguém do seu partido... ou para vosmecê em pessoa, caso nos encontrássemos.

– Já encontrou, major.

– Sabia que o senhor viria.

Ramiro aponta para a chapeleira.

– Ali.

Francisco caminha até a mesa de cabeceira e a apanha. Ramiro e Caminito observam-se, as armas apontadas um para o outro.

– O senhor matou dois bons cavalos... por quê?

– Porque vocês, bárbaros, me dão náusea.

– Isso não vai livrá-lo do castigo, major.

– Não pretendo morrer sozinho, sargento.

Francisco volta com a chapeleira. Para diante de Ramiro.

– Não, acho que não. Se me permite, qual é a sua graça?

— Major Ramiro de Oliveira.

— Major Ramiro, vamos falar de soldado para soldado: por algum motivo, o senhor nos poupou lá na beira do rio. Eu tenho uma dívida com vosmecê.

— Não me deve nada.

— Vamos ficar assim: vida por vida. Com licença.

Passa ao lado de Ramiro e sai do quarto.

— O que isso quer dizer, sargento?

— Quer dizer, major, que nós, bárbaros, vamos embora para casa. Em paz.

Faz uma vênia, sai e fecha a porta.

Francisco e Caminito, a cavalo, sob uma grande lua cheia prateada, descem uma coxilha e desaparecem nas ondas do pampa, enquanto Ramiro, estirado na cama da pensão, fuma numa nuvem de fumaça, olhando o teto, pensativo.

FIM

O Caudilho Gaúcho, um Arquétipo[1]
Julio Maria Sanguinetti

*Os vivos são essencialmente
governados pelos mortos.*

Augusto Comte

Como sobras do passado, os caudilhos rurais surgem hoje, invariavelmente, entre brumas de polêmica. Às vezes, ouvimos as descrições de seus trágicos finais, sua coragem, seu desprendimento material, seu profundo enraizamento popular, e a partir daí uma visão cercada de romanticismo. Outras vezes, frente aos horrores da guerra e às truculentas descrições de degolamento que as partes em conflito sempre se atribuíram reciprocamente – mostrando a incompatibilidade entre qualquer ordem institucional e o personalismo do comando

---

1 Texto escrito pelo então presidente do Uruguai, Julio Maria Sanguinetti, publicado originalmente na edição bilingue do ensaio A cabeça de Gumercindo Saraiva, em 1997.

TABAJARA RUAS

individual espontâneo –, ouvimos que a dicotomia entre civilização e barbárie da literatura sarmientista tem muito sentido. Os últimos anos foram oferecendo um quadro mais equilibrado, mais compreensivo de ambas as visões, deixando para trás aquela interpretação maniqueísta que, esboçada em preto e branco, não dava lugar para outros matizes.

Esta questão complica-se ainda mais quando acrescentamos às dicotomias ideológicas e sociológicas os particularismos nacionalistas que, como é natural, impregnaram nossos textos históricos. No rio da Prata a historiografia argentina viveu a oposição entre a visão liberal, sustentada na tradição de Mitre e Sarmiento, e a chamada revisionista, em cujo epicentro reivindicativo se situa a figura de Juan Manuel de Rosas. Como consequência natural, aqueles herdaram a interpretação acadêmica, institucionalista, e viam no caudilho uma expressão "bárbara" ou, pelo menos, um produto primitivo contrário ao progresso; os últimos reivindicam sua figura como a única expressão popular, enfrentada às oligarquias do comércio. A partir daí, viveu-se a enganosa rotulação de unitários e federais, quando na realidade todos os líderes portenhos foram unitários (chamem-se Rosas ou Mitre) e todos os provincianos, federais, na medida em que reivindicavam ciosamente sua autonomia.

Observada dessa perspectiva, praticamente toda a história uruguaia foi "revisionista", pois situou o caudilho fundador da nacionalidade, José Artigas, como uma expressão do civilismo. Sabemos que os nossos relatos históricos são atravessados pelo chamado conflito entre "caudilhos" e "doutores", resumo esquemático de uma confrontação sociológica que contrapunha dois meios, a cidade e o campo, cujos interesses nem sempre coincidem e cujos modos de vida os inclinavam para uma ou outra atitude. Superpondo-se à passional divisão partidária entre *colorados* e *blancos*, os doutores e os caudilhos de cada lado se parecem mais entre si do que com seus correligionários do outro lado. Rivera e Lavalleja são mais parecidos entre si do que com Santiago Vázquez, Lucas Obes ou Giró. Flores e Oribe – e por isso mesmo eles mais de uma vez fizeram acordos e se apreciavam mutuamente – são mais compatíveis entre si do que com seus contemporâneos, chamem-se eles André Lamas, Manuel Herrera Obes ou Luis de Herrera. Que diferença há entre José Ellauri, deposto por Latorre, e Bernardo P. Bero, derrubado do poder por Flores? Além das diferenças de tradições, em ambos a sensibilidade e o modo de conceber o país e de se relacionar com as pessoas são análogos, e bem diferentes dos homens do campo, cujo cenário eram as vastas coxilhas pátrias, seu transporte o cavalo e não o automóvel, seu instrumento a espada e não a pena.

A historiografia brasileira responde a uma evolução histórica muito diferente: as províncias do rio da Prata surgiram para a vida independente por meio de uma revolução, e tanto seus exércitos como suas instituições não representaram a continuidade da monarquia espanhola, mas sim uma profunda ruptura com ela. A história brasileira, em contrapartida, nos mostra o deslocamento de uma monarquia europeia, sua transformação em império americano, a continuidade das instituições europeias, da diplomacia ao exército, e uma independência que, embora tenha sido ardorosamente buscada por núcleos liberais, foi proclamada de cima para baixo, sem guerra nem divisão. A República nascerá muito depois, a partir de uma confluência entre os militares e os liberais. A versão histórica difere, portanto, substancialmente. No entanto, existe um cenário – o do sul do Brasil – que é análogo ao do Prata. Trata-se, ali, de território de caudilhos. A força militar não é uma estrutura profissional dirigida por oficiais formados na Europa, segundo as normas de instrução de lá. Pelo contrário: assim como nas províncias espanholas, ela se forma espontaneamente atrás das grandes figuras que, por suas características pessoais, emergem do meio rural com o poder da singularidade. Como afirma Pivel Devoto, "o caudilho devia ser um homem do povo, surgido de suas entranhas, capaz de interpretar os sentimentos de cada um dos elementos que formam a massa social. Ninguém se torna caudilho por herança e sim por adesão espontânea do povo, que descobre em um homem virtudes e traços nos quais cada um vê reproduzidos os próprios ou os que desejara possuir. Cada componente da massa se considera refletido na personalidade do dirigente".

GUMERCINDO

A partir dessa situação social, nasce uma expressão do poder político. Assim define Zum Felde: "A gauchada deposita nele sua confiança política, trata-se de uma delegação de soberania feita de modo tácito; sabem que onde estiver o caudilho, ali estará sua causa. Se ele levanta em armas, todos o seguem; muitos não sabem por que entraram na luta, mas estão com seu caudilho e, portanto, estão onde devem estar. Cada rincão tem seu caudilhete, cada região, ou conjunto de rincões, seu comandante, que comanda os caudilhetes; e o país, ou conjunto de regiões, o seu caudilho nacional, que comanda os outros caudilhos menores. Esse caudilho nacional é o verdadeiro chefe do país, nele residem a autoridade e a força. (...) O gaúcho não se submete ao doutor, de cuja prosa bacharelesca desconfia, e o doutor não entende o gaúcho, que lhe parece um simplório desprezível. O caudilho nacional é o gaúcho-doutor, o fazendeiro-general, o boiadeir- ~~-lítico, o diplomata-domador, um híbrido harmonioso, espécie de centauro que une a inteligência humana e a força primitiva. Este é o segredo do caudilho. O que o diferencia dos políticos da cidade é o fato de ter um prestígio proveniente das campanhas militares que estes não têm; o que o distingue dos caudilhos locais é que se eleva ao plano da política nacional, a que estes não têm acesso".

Para Portugal, primeiro, e para o Brasil imperial, depois, não era fácil manter sua fronteira sul com as províncias do Prata. Como enfrentar os caudilhos rio-pratenses e suas massas de homens a cavalo? Obviamente,

TABAJARA RUAS

com seus iguais. Daí que Bento Gonçalves e Bento Manuel Ribeiro tenham sido os equivalentes de Rivera e Lavalleja naqueles tempos germinais de formação das nacionalidades. E tanto uns como os outros verão suas sortes políticas entremescladas, unindo-se às vezes, rivalizando-se outras, cruzando seus destinos nas particulares peripécias de suas respectivas políticas.

Quando, em 1828, Rivera se sente deslocado e concebe o plano de precipitar o fim da guerra, levando o conflito ao seio do território imperial, a cruzada das Missões mais parece uma campanha política do que uma invasão armada. Embora o invasor fosse um exército, seu impacto foi de um caudilho (Frutos Ribeiro, como era conhecido no lado rio-grandense) sublevando povos e obtendo sua adesão. Quando, ao contrário, Rivera está no governo, a partir de 1830, e Lavalleja se sente sem espaço, são os Bento que lhe oferecem apoio para as intentonas revolucionárias com as quais pretendem desestabilizar o primeiro governo constitucional. Enfrentados tantas vezes, e reconciliados outras, os dois caudilhos terminam juntos o périplo vital, culminando sua parábola política com um circunstancial Triunvirato que os deixa unidos na perspectiva histórica.

A revolução Farroupilha foi, de 1835 a 1845, uma consequência natural dessa situação político-social. O Rio Grande, que havia sido o sustentáculo do Império em sua guerra com o Prata, não concebia que, pacificada a situação, fosse preterido, a seu juízo, pelo Rio de

GUMERCINDO

Janeiro. Confluíam na província interesses econômicos de pecuaristas e charqueadores, conflitos políticos e até valores psicológicos de prestígio: para os rio-grandenses, fora considerado uma ofensa o fato de o exército brasileiro ser comandado pelo marquês de Barbacena na decisiva batalha de Passo do Rosário ou Ituzaingó – dependendo de como se chame de um lado ou de outro da fronteira –, enquanto os grandes chefes e as tropas eram rio-grandenses. A grande figura desta revolução foi Bento Gonçalves, mas em torno dele surgiram homens como Davi Canabarro ou Antônio de Sousa Neto. Quando Bento Gonçalves foi preso e simultaneamente os revolucionários proclamaram a República, ofereceram a ele a presidência, mas, em seu impedimento, quem assumiu foi José Gomes Jardim. Nesse momento, Fructuoso Rivera falou pessoalmente com Bento Manuel, tentando obter um acordo que não frutificou. Mas, independentemente do resultado concreto, o importante foi que os dois lados reconheceram Rivera como mediador, e este circulou em ambos os campos como homem respeitado. Em poucas palavras, como um dos seus. Esse mesmo general Neto irá residir mais tarde, e para sempre, no Uruguai, e até mesmo sustentará a viúva de Rivera, a inesquecível Bernardina, quando esta se deparar com a pobreza após a morte do general, já dissipada a fenomenal fortuna que o caudilho uruguaio herdara de seu pai.

Basta recordar essas circunstâncias para entender a peculiaridade política do Rio Grande e sua implicação nos conflitos do Prata. Também não podemos ignorar que o fim do século foi muito especial para o Brasil, porque coincidiu com o fim do Império e a fundação da República, que se apoia em forças diversas e se concretiza pela ação militar, simbolizada nos grandes chefes e nas massas de soldados que haviam participado da guerra do Paraguai. Proclamada a República em 1889, a primeira constituição, de 1891, refletiu desde o início o confronto entre os liberais, partidários de um governo forte, e os federalistas, defensores de uma ampla autonomia estadual. Em poucos lugares esse conflito profundo foi vivido com tanta intensidade como no Rio Grande do Sul. As ideias positivistas, de enorme influência na região, encontraram em Julio de Castilhos um paladino ardoroso de ânimo jacobino, que reuniu em torno de si o partido Republicano, enquanto os liberais, sob a prestigiosa liderança de Silveira Martins, transformavam-se em federalistas e ganhavam o apoio do campo, resistente à forte influência centralizadora.

A instabilidade havia chegado a tal ponto que, entre a proclamação da República e a eleição de Julio de Castilhos, houve 17 governos no Rio Grande do Sul. Os federalistas queriam derrogar a constituição republicana, de forte tom positivista, que havia separado a Igreja do Estado e constituía, embora em bases federais, um forte Estado inspirado no modelo norte-americano. Os rio-grandenses federalistas reclamavam mais autonomia estadual, um sistema mais parlamentarista, e por

GUMERCINDO

trás dessa ideia subjazia uma visão mais tradicional do Estado e da sociedade. Por isso receberam também o apoio da armada, temerosa dos generais donos do governo. Por outro lado, então, o meio rural, com Gumercindo Saraiva como chefe militar; e por outro, a tendência civil-marinheira de base carioca. Assim, em 1893, os revolucionários chegaram a dominar não só o Rio Grande do Sul, mas também Florianópolis e Curitiba, quando à força dos homens a cavalo somou-se a dos marujos. A guerra foi horrível. Sangrenta. Cheia de excessos e represálias, de atos heroicos e combates singulares. O supremo arrebatamento da paixão foi a mutilação dos cadáveres de Gumercindo e do almirante Saldanha da Gama, quando foram mortos. No decorrer desse dramático confronto, Gumercindo acaba se tornando uma lenda. E, ao seu lado, Aparicio fez seu aprendizado militar e deu forma à sua condição de caudilho, que mais tarde se projetará no Uruguai. Por algum motivo, o próprio Gumercindo foi quem o designou, quando caiu prisioneiro, como seu sucessor, e lhe passou o comando, que de imediato foi reconhecido pelos demais chefes brasileiros e formalmente ratificado com as assinaturas de Gaspar Silveira Martins e Luís Saldanha da Gama.

Desse confronto surgiram os últimos caudilhos daquele tempo que terminava. A partir dali começaram as lideranças civis. Em 1904, na última das guerras civis uruguaias, caiu Aparicio Saraiva e emergiu a figura do presidente José Batle y Ordóñez. Era a consagração de uma liderança diferente, o caudilhismo civil, enraizado na prédica ideológica e instrumentado nas alavancas de organização de um novo Estado que se construía.

No fundo, aquela contenda uruguaia não foi um confronto entre dois homens, e sim entre dois tempos históricos, assim como a guerra federalista que Gumercindo comandou militarmente tampouco foi uma simples confrontação entre líderes, mas um choque inevitável em um Brasil sociologicamente diverso em busca de sua arquitetura definitiva. O conflito não pode ser reduzido ao velho esquema civilizados *versus* bárbaros. Como Luis Alberto de Herrera, referindo-se aos caudilhos, da *Patria Vieja*: "Não se poderia afirmar que todos padeciam da incapacidade para o verdadeiro exercício da democracia, alguns por serem girondinos, outros, jacobinos inconscientes, e também que dentro da civilização havia barbárie, e dentro da barbárie, vigorosos germes da civilização?".

Este conceito pode ser aplicado à revolução federalista. O novo Brasil que surgia era aquele que os republicanos representavam, mas o outro Brasil, inorgânico e telúrico, que resistia, representava um ingrediente imprescindível para que a República não se tornasse instrumento de uma elite excludente e centralizadora. Triunfaram os que inauguravam novos tempos, mas estes não teriam sido como foram se aquela resistência heroica e romântica não houvesse impregnado a República de um sentimento de dignidade pessoal e de autêntico federalismo.

Que estas palavras constituam apenas uma aperitiva introdução ao magnífico relato de Elmar Bones e Tabajara Ruas que se segue. Este livro, traçado dentro dos novos moldes da literatura jornalística, numa espécie de romance-reportagem, reconstrói com graça estilística, vivacidade de relato e documentação testemunhal a peripécia existencial de Gumercindo Saraiva. Ele se destina ao prazer do leitor, mas também representa uma sólida contribuição a uma melhor compreensão de quem somos. Só podemos olhar para adiante se nos reconhecermos em nossas raízes. Aqui encontramos uma delas, plantada no cenário fascinante de nossa fronteira uruguaio-brasileira, ou brasileiro-uruguaia, matriz de uma sociedade particular desde os tempos mais longínquos da nossa história.

Querem as circunstâncias que, bisneto de Chiquito Saraiva, um dos legendários caudilhos *blancos*, quem escreve estas linhas seja um colorado à frente de um governo de coalizão com os tradicionais adversários, ao mesmo tempo em que lhe cabe protagonizar este processo de integração que é o Mercosul, uma busca de futuro afirmada nos velhos laços.

Montevidéu, setembro de 1997.